陈元邦 著

致敬这座城

海峡出版发行集团 | 海峡文艺出版社
THE STRAITS PUBLISHING & DISTRIBUTING GROUP | Haixia Literature & Art Publishing House

自序一
致敬这座城

　　长期生活在这座城市，越来越感受这是一座底蕴十分丰厚、充满情调的城市，愈加爱上了它，而又因爱而更添了对这座城的景仰与敬畏。

　　关注这座城市，从三坊七巷始。经常造访三坊七巷，行走于南后街，穿梭于坊巷，漫步于院落，从坊巷格局到庭院格局，我仿佛触摸到了一条脉，一条属于这座城市的文脉，嗅到了弥漫于空气中一股浓浓的文气。在行走之中，我体会到"中国里坊制度的活化石、明清建筑博物馆、半部中国近现代史"的厚重。于坊巷间行走，我经常听到百姓用"七遛八遛、不离福州"来表达他们的不舍。简单的"不离"二字，包含着多少情感，他们把生活的这片土地，视为有福之州，认为生活在这片土地的人都是有福之人。楼适夷先生在1937年写的

《福州有福》一文中写道："福州人有一句口头禅，叫作'福州有福'，一句口头禅，说明这句话已经很深入人心了。"一个偶然的机会，读到了清末时居住在福州的传教士卢公明的《中国人的社会生活》，这本书主要描写 150 年前福州人的日常生活，开篇第一句话便是："福州——有福之州，是福建省的首府。"当时，我读到这句很是惊奇，说出"有福之州"这句话的竟是一个外国传教士。读宋代龙昌期写的一首诗"等闲田地多栽菊，是处人家爱读书。饮宴直尝千户酒，盘餐喉候两潮鱼"，脑海中浮现出一张宋时福州市井图，风景宜人，文气充盈，物产丰富，由此触摸到福州人从心底流淌出的满满幸福感，看到他们微微陶醉的眼神，心底便有了穿越时光隧道、用游记将这座城市的过去与现在串联起来的愿望：用眼所见去勾引出被岁月遮掩的历史，以游记散文的方式将它们放在一个平面上。这个事，大约花了一年的光景。

在写作过程中，思绪始终因城市的发展脉络跳动而活跃，因这座城市的底蕴厚重而激动，数度为这个城市发展的神奇停笔掩卷。

我感佩先人，将生息之地选择于三面靠山、一面临水的开阔盆地之中。三面靠山成一个半环绕之形，城市依偎在山的怀抱里；一面临水，是海水与江水的汇聚之地，让生活在这座城市里的人既享海之利，又享江之便。北高南低，山水从北而来，绵延缓缓，滋润了这片盆地后流入大海。

我感佩先人，2000多年前，选择在越王山脉的冶山筑了城。这座城由此发端，虽然历经子城、罗城、夹城、外城、府城而面积不断扩大，但是鼓楼这片区域作为城市的中心地位始终不变。

感佩先人，将屏山脚下定为城市发展中轴线的起点，从这里，向江向海铺陈而去。登镇海楼，视线从屏山脚下向南而望，如一条串珠的线，串起了冶山、鼓楼、三坊七巷、朱紫坊、于山、乌山、上下杭，通达闽江，跨闽江而到烟台山。这条中轴线，可以一窥灿烂的闽都文化——以三坊七巷为代表的儒学文化，以上下杭为代表的商贾文化。这个城市之所以厚重，其实就是文化的厚重；这个城市之所以有自己的气质，是文化涵养的结果。立于镇海楼，目光随中轴线延伸，耳边仿佛听到一种节奏由慢而快，令我感到吃惊：改革开放的之前的2000多年，这条中轴线到闽江边而停滞，而改革开放40年来，中轴线越闽江、跨乌龙江、面江向海、东拓南进、波澜壮阔。由于当时的条件限制，先人们选择了可利用海的优势又可避海之劣势的这块地作为休养生息之地，如今随着科学技术的进步，今人逐海而去。这座城市，从有海而看不见海到临海而筑、向海而居，成了真正的滨海城市。福州啊，踏潮而来，向海而去。

感佩先人，造就了纵横交错的内河，这是人类智慧与大自然的完美结合。在城市的不断拓展中，护城河便成了内河的一部分，加上为了浇灌阡陌的沟渠，在从农村向城市转变的过程中，先人将用于灌溉的沟渠留下了，成了内河。这内河，如一个人体的血管，有主动脉、支动脉；这内河，在还没有汽车的时代，是城市最主要的路，称为"水路"，达江通海，牵家联户。这内河，让这座城市"活"了起来，于阳刚中添了柔美。不少外地人看了福州内河，大为感叹：福州怎么会有这样多的内河啊！他们的眼神，流露出的是羡慕。夜晚，漫步于内河河畔，赏着这座城市的夜景，我慢慢地体会到这座城市的性格：奔放中又有些内敛。

感谢上苍。闲暇时，我喜欢独自伫立于被称南台岛的淮安头：闽江之水浩浩荡荡而来，在这里分为闽江（在福州城区段称"白龙江"）和乌龙江。淮安头，不需要任何的人工雕琢，自然调节着、分配着水量，被人称为"一处比都江堰更神奇的地方"。我喜欢在夕阳西下时，站在洪塘桥边，静静地欣赏余晖映照下的处于乌龙江心的金山寺，岁月悠悠、江水潺流、日出日落，它总给人一种既置身于激流之中，又身处于桃花源之外的感觉。我还喜欢将自己的身躯整个儿浸泡于温泉之中，洗去疲惫……这是上苍赐予这座城市和它的子民的礼物，是上苍的厚爱。

感谢这座城市，于岁月中谱写了惊心动魄的故事，奠定了自身的厚重。长乐太平港乃郑和七下西洋候风起锚之地，使这座城市成了海上丝绸之路重要节点；马尾设立船政衙门，创造了船政文化；烟台山上，留下的幢幢带着异域风情的楼宇，记录着这座城市的对外交往……

感谢伟大的新时代，这座城市自20世纪90年代起拥有了一张美好蓝图，福州人以海纳百川、有容乃大的情怀，怀揣梦想，建设幸福之城，不停地奔跑着……

一座城市的魅力，不止于她的颜值，还在于她的气质；不止于触摸时的温度，还在于触摸时的厚度；不止于岁月酿造出的风韵，还在于虽经沧桑而依然活力四射；不止于今日的美好，还在于对未来的向往。福州就是这样一座有颜值、有气质，有温度、有厚度，有风韵、有活力的城市，这座城市，有情有爱，这座城市，我越来越爱。

关于这本集子的名字，我曾经想到了两个。一是"致敬这座城"，是因为这座城市的昨天、今天和明天，这座城市的人、事、物，都有无数让人致敬的理由。我致敬这座城，这种致敬如军人般庄重而神圣，是由内而外的真情流露。二是"城市厚度"，因为我以游记的形式将福州的厚重历史勾陈出来，想让人们通过阅读，知晓这座城市是那样的厚重。我以两个名字各写了一篇序，虽然选择了"致敬这座城"作为书名，但还是留下"城市厚度"为自序。

我虔诚地向这座城市致敬，是因为这座城市的昨天、今天和明天，这座城市的人、事、物，都有无数让人致敬的理由。这种致敬如军人般庄重而神圣，是由内而外的真情流露。当这篇文章搁笔之际又传来喜讯，福州成功获得 2020 年第 44 届世界遗产大会举办权。世界文化遗产资源丰富的福州，大踏步走上参与世界遗产保护、管理重大决策的前台。这足以说明这座城市正日益受到世界的瞩目。福州明天更美好，我们拭目以待！

自序二
城市厚度

　　一座城市的厚度，是由这座城市的积淀决定的，尤其是这座城市的文化积淀。这种厚度，决定了一座城市的内在品质与内涵。一个城市的"外颜"，可以在短期内改变或提升，但一个城市的厚度，却是随着这座城市发展日积月累逐渐形成的。

　　一个城市的厚度，是有形的，也是无形的；是可观的，也是可感的。有形的厚度，往往通过古建筑来展示，或是一座完整的房子、桥梁、村落，或是一段残存的城墙，或是发掘出的一个器皿、一块古砖，或是封存已久、重新展示于人的一张张图片……无形的是已经内化于心、融入于生活习俗，表现于人们的言谈举止，培育出带着地域性的文化。一个城市的特质，可以通过生于斯、养于斯的人来观察；一个城市的内涵，可以通过生于斯、养于斯的人来表现。一座城市的厚度，说到底是这座城市文化的厚度。

一个城市的厚度，是一代又一代人在传承中共同涵养而成的。细细地将厚度条分缕析，可以发现，构成这种厚度的因子有所不同。如闽都文化，是"有史以来，生活在以福州为中心的闽江中下游地区人民共同缔造的，在闽越文化基础上，以中原文化为主体，得礼治文化真传，融汇了海外文化，具有领风气之先，谋天下之福，开放和包容的鲜明的区域文化"。城市与城市，即使具有同样的厚度，但内涵却有些差异，从而形成特色。

福州这座城市的厚度，厚而不板结。厚中孕育着激情，充满着生机，积蓄着活力，始终让人感到虽历2000多年依然焕发着青春。

一座城市的厚度，可以通过各种方式来展示，如同"爱要大声说出来"一般，也要大胆"说"出来、展示出来。这是一种传承、一种延续，可以潜移默化、内化于心。

城市的厚度滋润、涵养着我们，我们也为之添砖加瓦。城市因岁月而增厚，因我们的传承而丰富。一起来吧，让我们在传承中为这座城市添色。

目录

中轴线，向江逐海

　　最近读了祝勇先生写的《皇城北京》，其中有一篇《正传：王者轴线》，写道："中国的'中'字，是对于古代城市中轴线最好的图示。从这个象形文中，我们看到了一座四方城池，和贯穿城池的南北的中轴线。"祝勇先生还对北京的中轴线做了这样的论述："它不仅是空间的线索，也是时间的线索。从元代到共和国，几乎所有的历史都能从这条轴线中找到依据。这也是许多旅行者抵达北京后，最先踏访中轴线的原因。"

　　丁酉三月末，去了趟京城。清晨出发时，南方的榕城下着雨，到了京城，蓝天白云，阳光灿烂，视野极其开阔。下午办完公务后，与同事一道绕着故宫的外围走了一圈，整个故宫和不远处的景山在夕阳的映照下，沐着金辉，不少人在护城河边上拿着"长枪短炮"，留下阳光辉映下的故宫夕照。记得祝勇先生在他的书中这样写道："景山并不高峻，但高度刚好适宜人们俯视这座古老的城市。景山制高点上的万春亭，是北京中轴线上唯一没有实用价值的宫阙建筑，然而它却被赋予更加重要的意义——这座突起的四角攒尖式古亭给人们观察这座古城提供了最佳视角。

景山上的这座万春亭，让我想起了福州屏山上的镇海楼。曾经在省档案馆编辑的《流年似水——外国摄影家眼中的闽江与福州》一书中看到一幅拍摄于 20 世纪初《亭中望楼》的照片，透过西湖的亭子，屏山的镇海楼隐约可见。那时的城市，没有像如今这样高楼林立，城市的民居静静地卧在这块开阔的土地上，让人体会到城市的宁静。如今的镇海楼，是 2009 年重建而成的，它雄立屏山之巅，以红色为主基调，飞檐翘角，白日里在蓝天的映衬下显得端庄大方，夜晚灯火燦灿，格外引人注目。镇海楼给人们观察福州这座古老城市提供了最佳视角，从这里去触摸这条中轴线，不仅有空间的线索，还有时间的线索，似乎可以触摸到 2000 多年的发展历史，可以感受到 2000 多年的脉动。

记得在福州工人文化宫一楼的长廊上，有一幅长达 22 米的国画。它是福州的十五位工人画家用时近半年联手绘就的一幅作品，取名为《福州中轴线》。伫立于画作前欣赏，感慨很多。画作南起屏山，一条长长的八一七路从屏山脚下的古榕树延伸铺展开去，经鼓楼、东街口百货，三坊七巷坐其右、朱紫坊在其左，穿南后街过中亭街，上下杭于街之右，直达闽江。站在江滨，可眺望对河烟台山，20 世纪初，五口通商时，那里是福州的领事馆区，"洋人"

聚集的地方。这条长长的八一七路，是 20 世纪 50 年代市政建设时，迁了城隍庙，拆了鼓楼及几座老城门，形成的以福州的解放日命名的道路，它让人记住了福州解放的日子。这条路，是 50 年代城里最重要的一条路，也是第一条横贯南北的道路，成了这座城的中轴线，集聚了福州的城市精华，可以触摸到福州城市发展的脉动。

且从这条中轴线徐徐展开福州城市发展的历史画卷。闽在周为荒服，"自无诸建国，都冶为城，是为冶城，设险守国，自汉始也"。"无诸建国古蛮州，城下长江水漫流"，可以想象当时山脚之下冶城的城市风貌。在挖掘福州地铁一号线时，在屏山车站附近挖掘出了古汉城遗址。今省财政厅家属区里，有一处山，称之为冶山。那里有一处欧冶池，立于池旁，依稀可以听到锻铁之声。"冶城"为福州建城奠定了基础，往后的千余年间，这座城市从冶城一直往南拓展，先是故城，《三山志》言，"闽越王故城，在今府冶北二百五步。以势考之，当在今城隍庙迤北，至诸古岭等地也"。后是子城，"始为越王山之南"。再是罗城，"天复元年，王审知创筑罗城环子城外"。继而在梁开平元年，复筑南北夹城（亦称外城），顾名思义，是在罗城基础上往南北拓展。我粗粗地理了一下，福州在古时历冶城、子城、罗城、夹城、外城，城市就从屏山下，渐次地如浪似的向南拓展，向江而去。

从八一七路向南追寻，有一处地名叫"南门兜"的地方，外城时称"宁越门"，也就是今天所说的南门；在城的西面，有一处西山怡门，也就是今天西洪路十字路口那个叫西门的地方。在城的东面，有一处称为"东行春门"的地方，也就是今天人们所称的东门。可以想见，当时福州的城市拓展，也是按照"中"字的设计理念，按照由北向南、东西拓展，形成"四方城池"。在尔后的发展中，这座城市也一直循着这条中轴线，越过南门，向着闽江而去。在2000多年间，福州的城郭基本上以闽江为界，记得20世纪60年代，到过一趟福州，从解放大桥过江，经过三叉街。那时的三叉街，田园一片，百姓把闽江北岸称为"城里"，过江说是"去城里"。这条闽江，成了城里城外的"界河"。

一个地方在发展过程中，形成了富有特色的民俗民风，形成了富有特色的区域文化。福州的城市中轴线，其实也是一条福州的文脉。从屏山始，可以造访冶城遗址，可以领略福州鼓楼，可以徜徉三巷七巷，可以登临乌山、于山，可以穿过南门兜，走过中亭街，可以感受"上下杭"。在这条中轴线上，可以感受这块土地有着极其丰厚的文化底蕴，既有以三坊七巷为代表的儒家文化，又有以上下杭为代表的商贾文化。

我感佩先人，我理解先人。他们没有把这座城市建在大海边，不直面大海，而是选择这闽江水与潮汐的交汇处，无疑是一种扬长避短的聪慧选择。依当时的科学技术，利用海洋、抗击台风的能力有限，人们便选择了三面环山、一面向江的盆地作为自己的家园。虽然不滨海，但是依旧感受到潮汐，聆听着潮声，沐浴着江风海韵，享受着大海的恩泽。我有时夜间从城市二环的高架桥山远望雄立屏山之上、灯火燔灿的镇海楼，总会想到史书的有关介绍，它位于城市的正北，"样楼观海"曾是福州西湖外八景之一，可以想见镇海楼的视野之辽阔。在当时，镇海楼成为进出闽江口航船的重要标志。每当五虎门潮水上涨，大船进出江口，均以它为"准望"，即航行标志物，航海者参照它找到进港的方向。台江码头，兼得了河口港区和滨海港区之利，集"上游三十几个县市货源为一口"。阅览过福建省档案馆编辑的《流年似水——外国摄影家眼中的闽江与福州》，万寿桥上行人接踵，桥上桅樯林立，桥头店铺比肩。宋时龙昌期在留下了"百货随潮船入市，万户沽酒户垂帘"的诗句。闽江之水从武夷山脉奔腾而来，东海之水潮涨潮落，潮涨时，闽江之水随潮涨而进，涌进了福州纵横交错的100多条大大小小的内河。内河构成了福州的交通网络，各种山货、海货，就是随着潮涨潮落而进出的。小时候从闽北到福州，就见到外公看着内河水位，掐算着潮涨时间，打小我就知道，这潮水是那样的守时，那样的如约而至。

这条中轴线，还是福州的一条开放线。站在闽江之滨的南岸，遥望对岸，福州的烟台山，在《流年似水——外国摄影家眼中的闽江与福州》序中，是这样描绘的："远望南台岛的仓前山（即烟台山），众多西洋风格的楼房依山势层叠而建，十几个国家的领事和众多洋行、教堂、学校、医院、俱乐部，跑马场的集聚，使仓山成为中西文化交汇之地。"

在福州2000多年的岁月里,这条城市的中轴线从来没有停止它的飘移,只是它的飘移速度因改革开放而提速。记得20世纪80年代之前,闽江之上只有两座桥,一为解放大桥,另一为洪山桥。改革开放初,福州开始了"跨越闽江"的时期,在闽江之上建起了二桥、三桥更多桥梁,将原来的郊区更名为晋安区,重新调整了仓山区区域。80年代的南台岛,除了仓前山,其他地方大多还是一派田园风光,而到了90年代,南台岛全面开发。而今,福州的城市区域已经横穿南台岛,越过乌龙江。这乌龙江,是闽江的一个支流。闽江自南平,由剑溪、沙溪合流,浩浩荡荡,奔流而来,至福州的淮安头,也就是南台岛的起端,闽江水在这分流,依畔台江的那条叫闽江,靠南屿、南通的那条叫乌龙江,在以后的几年里,福州的发展,从闽江时代而乌龙江时代。你可以想见,这是一幅何等辽阔的江天啊!

跨江而过,福州的中轴线飘移的速度在加快。乌龙江中,有一个"龙祥岛",依着"五虎山"。"五虎山"也以它的雄姿俯瞰着这条中轴线的飘移,不断地与它接近。望着城市越过闽江、越过乌龙江,让我想起了曾拥有"十里洋场"之称的上海,这个城市在改革开放前重点在浦西,直至建设浦东新区,东方明珠塔矗立黄浦江东岸,夜游黄浦江,两岸的生机与活力。如今,夜游闽江,可以沐浴从海上吹来的徐徐清风,可以欣赏两岸的�灿灯火。

福州人对大海有着难以割舍的情怀，一直有向海拓展的欲望。从台江顺闽江，有一处"马尾区"，19世纪60年代，清政府在马尾设立船政公署，兴办船政学堂，创办马尾造船厂。马尾是中国船政的发祥地、中国船政文化的发祥地和中国造船工业的发祥地。徜徉在马尾船政博物馆，可以看到在中国船政史上，福州书写的辉煌，培养出了无数的福州籍的海军将领。在博物馆里介绍的四个海军世家，其中三个居于三坊七巷。20世纪80年代，福州建设了通往马尾的隧道。开凿隧道，在今天看来是一桩小事，可那时却是件不容易的事。你驾车通过隧道，在两个隧道之间，矗立着一座纪念碑，那是为纪念在隧道建设中牺牲的战士的。这条隧道，连接着有着百年历史的马尾造船厂，拉近了福州老城与马尾的距离。在马尾，有一处罗星塔，这座塔，具有"中国塔"之称，为过往的船只引航。

在离马尾区不远的地方，有一个叫琅岐的岛屿。这个由闽江冲积而成的琅岐岛，坐落在闽东入海口，三面环江，一面临海，恰如镶嵌在闽江口的一颗宝玉。永乐年间，郑和下西洋时在琅岐港等地伺风开洋。习近平总书记曾经指出，福州是海上丝绸之路的重要节点。

福州作为全国首批14个沿海开放城市之一，确立了福州的沿海城市的地位，也呼唤着福州应当走出"盆地"，由江向海逐海而去。人们不会忘记，习近平总书记在福州任市委书记时，通过广泛的调研论证，编制了《福州市20年经济社会发展战略设想》，提出了建设"海上福州"，构建闽江口金三角经济圈的战略思路，吹响了福州向海发展的号角。我站在老城区通往金山的三县洲大桥上远眺闽江，这条城市的中轴线，从南向北，跨越闽江，跨越乌龙江。在跨越的同时，它也不断地铺陈开去，如海浪般地向海席卷追逐而去，如同"中"字一样，铺陈的空间越大，"中"字也越大，这意味着城市的发展框架拉得越大，发展的空间也越大，在这空间上描绘的蓝图越美越迷人。

中轴线随时代发展而延伸，探索中轴线发展的轨迹，可以触摸到一个城市发展的脉络，感受到其间的跳动，吮吸到时代发展的气息。

福州这座城市，从滨江到滨海；福州因江而兴、因海而兴。

镇海楼遐思

黄昏又登镇海楼，
远眺城郭遍金晖。
尽享夕阳无限好，
何须惆怅夜临时。

屏山雄踞镇海楼，
初建本意作样楼。
六百余载几毁建，
此山是楼知兴废。

在明代，镇海楼享有"十万人家第一楼"之称。

秋日晴朗的黄昏，从屏山公园拾阶而上，先是观这台基层，再而登楼，绕廊眺望城的东西南北，后于楼中品茗，品读谢章铤撰写的《重建镇海楼碑记》和张善文写的《重修镇海楼记》，静思镇海楼作为中国名楼的地位的厚重。直到楼宇华灯绽放，又环楼廊欣赏城之夜色，即兴凑合了几句。我知道按照古诗的标准，它不合平仄不押韵，但是用了古诗的凝练，通过寥寥数句，把观楼的所见所闻、所思所想表现出来。

一

心生登镇海楼的念头已经很长时间了，产生这种念头的因由有多种。一是镇海楼为福州地标性建筑，立于屏山之巅。屏山，乃越王山之支脉，常有人以越王山代称屏山。越王山因闽越王而得名，而兴起。屏山是一座城中之山，居福州"三山"之首，四周被华林路、五四路、北二环中路、福飞路所环绕。夜晚，人们可以从城市的好多个方向眺望镇海楼，灯火装点楼宇，山作高台，巍峨矗立。二是这座楼从建到毁又重建又毁到又重建，让我有了探究的欲望。这座楼，建于公元 1371 年，就是明洪武四年，这样算来，有了 600 多年的历史。600 多年间，13 次毁坏，13 次重建（具体重建几次众说不一，有的说 9 次）。最近一次是福州经历了"龙王"台风的袭击之后，人们重建欲望更加强烈，于 2007 年动工，2009 年建成，使此山此楼两相宜。其实，大凡名楼，都经历了毁毁建建的过程，范仲淹的《岳阳楼记》就是岳阳楼重建之后"嘱予作文以记之"留下的传世之作；黄鹤楼仅在明清两代就被毁 7 次，重建和维修了 10 次。

　　站在镇海楼前，仰望楼檐下悬挂"镇海楼"绿底金字的匾额，这是书法大家欧阳中石先生书，大气磅礴，与这楼相得益彰，添了这楼的风采。曾经见过欧阳中石先生的真迹，它书写在一张不大的宣纸上，这匾经过放大制作，更见大家的功力。书法就是这样，有些作品一经放大，就失去了神韵，有些作品近看可以，但是悬挂起来，角度一变，字就变形了。欧阳中石的这幅作品，不管从哪个角度看，都经久耐看，而且越看越有味道。

　　走过许多地方，看过许多城楼，它们以城墙为基，楼建在城墙之上，城楼更加的厚重。镇海楼，不只建在屏山之顶，还建立在高台之上，红红楼宇，楼顶的飞檐翘角伸入蓝天，与蓝天为背景，让人看了更有气势。读张善文先生《重修镇海楼记》，其中有"楼基拔升十米，庶便瞻瞩也"，可以知晓，在最近的一次重建中，镇海楼长高了，更加适合人们俯瞰这座城市，俯瞰远处的江，远处的山。

　　镇海楼原本不是这个名字，它最早的名字叫样楼。《福州市建筑志》记载："元统一全国后，下诏废堕福州城墙。明洪武四年，驸马都尉王恭将福州城墙的北段从屏山下改到了屏山上，循宋外城旧址，垒石为墙，从这里可以居高临下俯视城北平洋。同时，在屏山顶上建造一蘸楼，号样楼，为建设东、西、南、北、水部、汤、井楼七大城楼提供样式。"我不知道，这"七大城楼"是否已经建成，但我知道如今可让人看的只有这镇海楼。曾经在《流年似水——外国摄影家眼中的闽江与福州》欣赏过一幅镇海楼的照片，是日本摄影家 20 世纪初拍摄的。查了有关资料，这应当是光绪十八年（1892 年）按照旧制"尺无所短，寸有所长"所建造的。1933 年，光绪间重建的镇海楼也失于大火。这次焚毁之后，十九路军发动"福建事变"，在与蒋介石军队的军事对峙中，镇海楼旧址上建起了军事碉楼。抗战胜利之后，闽籍议员倡议将碉楼改造为林森纪念馆，1946 年由萨镇冰主持开工典礼，历时三年建成。1970 年被人为拆除。39 载后，镇海楼又立于屏山之巅。我时常从山脚下凝望这座楼，感到世间有些东西总是那样和谐相存，缺了，总会让人惦记，让人感到缺憾，于是想方设法补上。屏山与镇海楼，就是这样和谐相存，不可或缺。

二

纵观镇海楼全貌，它的楼体由基座层、台基层及二层楼阁组成，基座层内设地下宫，台基层、楼阁一层作为展厅，二层作为观景休闲厅。镇海楼由两层楼阁组成的规制始终不变，变化的只是楼的尺寸。

在楼阁一层的展示厅里，我了解到，福州这座城的中轴线就从屏山脚下开始，汉代冶城、晋代子城、唐代罗城、梁代夹城、宋代外城、明代府城，中轴线随城市扩大一直延伸到了闽江边。

在这条中轴线上，曾有永安门、虎节门、利涉门、宁越门、含沙门。如今，这些城门已经留在人们记忆之中，登上二楼，向南眺望，鼓屏路连接八一七路，经中亭街、茶亭街，一直到闽江边。改革开放以后，福州发展迅速，从闽江时代到了乌龙江时代，又到了向海时代。凭楼北望，高楼林立，车流熙攘。曾经欣赏过一张《亭中望楼》的照片，透过亭柱，镇海楼隐约可见，与西湖两两相望，和谐地融在一个画面中。"城里三山古越都，楼台相望跨蓬壶。有时细雨微烟罩，便是天然水墨图。"这是宋代诗人陈轩的诗作，明代诗人陈亮曾写下《冶山怀古》诗，其中则有"惟有越王城上月，年年流影照西湖"。吟完这些诗句，再欣赏这照片，仿佛看到了一张天然水墨图，仿佛沉浸在西湖的意境之中。难怪那时候把镇海楼称之为福州西湖的外八景之一。今天，虽然已经看不见西湖，看不见远处的于山、乌山和白塔、乌塔，看不见三坊七巷的连绵黑瓦与弧形的马鞍墙，但我知道，这是在城市发展中需要付出的代价。

镇海楼初建时，只被作为其他城楼的建设样式，明代曾异撰诗《登样楼》吟："何处苍茫宽睥睨，登高容易豁穷愁。数千年事在双眼，十万人家第一楼。"然而，今天已经很少有人知道样楼。清人谢章铤在《重建镇海楼记》中说："且夫楼以镇海名，意在楼，实在海。嗟呼，海风叫啸，海水飞扬，登斯楼也，其忍负中流砥柱之心哉。"有心栽花花不开，无心插柳柳成荫，驸马爷王恭在建样楼式时，只是想把它作为建造其他城楼的样式。然而建成后，它与海联系在了一起。据老一辈人说，伫立镇海楼，可以一眼望见闽江，可以望见帆船。镇海楼是引导航船进出闽江口的重要标志，每当五虎门潮水上涨，大船进出江口均以镇海楼为"准望"，即航行标志物，找到进港的方向。我还在想，福州内河纵横，内河联着闽江、联着海，许多货物通过舟船进入千家万户，人们举头望见正北的镇海楼，就找到的方向。"越王山拥海潮流，山上嵯峨镇海楼"，很形象地说出了镇海楼与海的关系。夏季，福州靠台风送来雨水，调节气温。哪一年，福州受台风影响的个数少了，可能就干旱，天气就闷热。福州人对台风的情感是纠结的，希望有台风，但又希望台风不要正面登陆。

"白塔遐观镇海楼，乌龙欲释金山寺。"伫立镇海楼，我仿佛看到中轴线上的白塔，看到乌龙江心烟雨朦胧中的金山寺。镇海楼，可以让人浮想联翩。

海，影响着这座城市的生活。镇海楼，表达了福州人对海的情结。

三

梁思成先生曾经这样说过，建筑并不是砖瓦沙石等物无情无绪地堆砌，不仅是一种物质产品，同时也是一种能够营造意境的精神产品。尤其是人们面对古建筑遗物，能感受到一种他和林徽因称之为"建筑意"的精神体验与快乐。从严格意义上说,镇海楼是一处重建的"古建筑"。走进一处有历史的建筑,观赏这座古建筑,我也在寻找这种"建筑意"。

镇海楼,经历了建设、毁坏、又建设、又毁坏、再建设的过程,岁月丰富了镇海楼的文化,丰富了镇海楼的故事。

镇海楼西北角有一处七星缸,从风水的角度说,它象征北斗七星按天象的排列组合。据说,这缸里的水经年不枯竭,意在"七星拱卫","拱卫"何也,保佑福州城府免遭火灾侵扰。福州这座城市曾有"纸褙福州城"之称,随处可见木屋子,火患不绝,就连镇海楼也曾两次因火灾而损毁。我不知道这七星缸建于何时,但是在看了 20 世纪初拍摄的照片,楼前七星缸清晰可见,可以说明一点,1892 年的那次重建,七星缸已经存在,如今,它已经成为镇海楼的一景。著名建筑师约翰·罗斯金有一段话:"建筑是一种艺术,它为了某种用途而对人类建筑的屋宇进行布置或装饰,使得人们看见时在精神健康、力量和愉悦方面有所收获。"我看了楼前的七星缸,仿佛听到了一种心声,一种用最朴素的方式保佑这座城市免遭火患的心声。

登高而望远,最容易让人登斯楼发幽古之思情。读过许多楼阁散文和古诗名篇,江南三大名楼的岳阳楼有《岳阳楼记》,滕王阁有《滕王阁序》,黄鹤楼有《黄鹤楼》《黄鹤楼送孟浩然之广陵》等。样楼初建时,一时也成为福州文人雅士的聚集地,留下了许多诗篇。"无诸城北样楼开,万井烟花拂槛回","选地得幽如在野,望春宜远更登楼"，可以想见前人站在样楼上，俯视无诸城的心境。

曾经多次去过福州的乌山、于山，观过乌塔、白塔，欣赏过摩崖石刻，感受到了二座山浓浓的文化气息。其实，三山之首的屏山，也充满文化气息。历史有载，越王下曾有越山书院。清代林枫的《榕城考古略》记载，越王山巅旧有环峰亭，绝学寮、宋丞相张浚读书处，还有相传为越王鼓琴处的玩琴石。《名胜志》中说，越王山有名胜二十九处。可是，随着岁月的流逝，有些名胜封尘在历史之中，只能在书籍或档案中去寻找了。

再一次登上二层楼阁凭栏远眺，目光由近及远，随着山下这条向南的中轴线铺陈而去，如同在打开一幅波澜壮阔的绚丽画卷，它不仅能够勾引起我们对这座城市的回忆，还在述说这座城市的现在，更在预示这座城市的将来。这是一座有内涵、有活力的城市，尽览这幅画卷，对这座城市的爱油然而生，对这座城市的未来充满憧憬。

伫立镇海楼，听到了海潮声澎湃而来，感受到了一股和煦的清风扑面而来。

冶山，不高却厚重
——探访福州城市的起源地

　　初秋之节，离白露还有几天，连日来每日都下一场大雨，洗去了城市居高不下的气温。择一个上午，去了冶山。

　　冶山就在冶山路上，周边高楼林立，冶山的历史遗迹，被这些林立的高楼所遮掩，但是丝毫不能减少我对冶山的兴趣。想探究福州城市发展之脉络，冶山是绕不过去的一段，它不仅是福州这座城市的起源，也是福建城市的起源，是福州建城 2000 多年的文明标志。

　　我的探访，从冶山春秋园开始。这个园是新近刚刚建设的，一块巨大的大理石上用隶书书写着绿色大字，无论是在石材的选用、石材的规模，还是书体的选用上，都让人感到它的厚重。冶山之由来，一是《闽都记》记载："闽自无诸开国，都冶为冶城。"山名为冶山，冶山之冶，是因城名。二是欧冶子在此铸剑，池为冶池，山为冶山。其实，冶山还有其他各种山名，就像古人，不仅有名，还有字，又有号。冶山是山的本名，因有天泉池之水称为泉山，因是都城隍庙所在地称之为城隍山，相传有无诸冢云又称王墓山，因唐时将军陈岩在山上驻军又称之将军山。我望着"春秋"二字凝思，以为春秋有暗指历史之意，后来有朋友告诉我，这只是其一。其二，"春秋"二字指的是欧冶子铸剑的年代。据记载，汉高祖五年，也就是公元前 202 年，越王勾践后裔无诸，因佐汉击楚有功，被封为闽越王，在东冶，也就是我脚下的这片土地修筑冶城建都。自冶城发端，福州的城郭经历了子城、罗城、夹城、外城、府城及我们今天的福州城。如此说来，福州有城，从冶城始，以此理解冶山春秋园，是不是能够将之解读为冶山历史园？

冶山正在围挡施工，当地政府正在对这片历史遗迹进行重整，在保护中利用，让这些遗迹展示于人。得到工人的许可，进了工地，见到立于欧冶池畔的石碑，上书"三皇庙五龙堂欧冶池官地"。据说，此碑原不立于此，乃 1998 年重竖于此，观此碑，可知古时候对官地通过立碑加以确认，告示于民众。这欧冶池也是一处官地，用今天的话说，就是国有土地。池畔有一座轩，上书喜雨轩，是现代重建的仿古建筑，据说民国时期施景琛曾建喜雨堂，后损毁。在轩前面，还立了两块石碑，一块刻着"欧冶子铸剑古迹"，边款落的是"光绪壬辰端阳节"，另一块是福州市人民政府于 1983 年 8 月立的将欧冶池列入第二批市级文物保护单位的石碑。

欧冶池是淬剑之处，又名剑池，立的石碑已经告诉我们，此处是春秋时欧冶子淬剑之处。在农村时曾经看过铁匠打铁造各种农具，在炉旁放一桶水，烧红的铁经过锻打之后，要放进桶里淬一下，叫作淬火。农具是否锋利，淬火最为关键，也是打铁师父不轻易外传的一个绝活。欧冶子铸剑，以池作为淬火之处，可以想象当时铸剑之盛况。据福州市政协文史资料和学习宣传委员会编辑的《冶山史话》记载："当时池塘周围数里，烟波浩渺，颇为壮观，后渐湮；池邻贡院西隅，为民居所侵，仅余方塘半亩。"可见欧冶池规模之浩大。北宋熙宁年间，也就是在 1068 年到 1077 年间，郡守程师孟修浚，并在撰写的《欧冶亭记》中写了他对欧冶池的情感，一是嘉其迹最古，二是爱其平阔清泚。程师孟在记中描绘了欧冶池之胜景："陇阜盘迂，乔林古木，沧洲野色，郁然城堞之下。"读了这些文字，可见风景十分优美，"既而州人士女不绝，遂为胜概"，成为当时游览胜地。明王应山在《闽都记》中这样描述欧冶池之景观："池周回数里，或大风雨，波涛晦暝"。这很让我想起范仲淹《岳阳楼记》对洞庭湖的描述，心想如此壮阔的景象，为何以池命名呢？我再次环顾欧冶池，周边已为楼宇环绕，没有了程师孟记中的那番景致，也不见王应山笔下的那种壮阔，欧冶池历经几番修整，反倒让人体会到池的韵味了。池中可见石砌的栈桥回绕，栈桥上有今人建造的亭子，亭上匾额有著名书法家潘主兰先生书写的"剑光亭"三字。在栈桥另一头，可见一石舫，据说是仿颐和园的石舫所建。站在石舫上，近赏正绽开的荷花，远眺环绕池边根虬于堤岸上的硕大榕树，实为人间难得胜景。

我问负责欧冶池整修的同志，欧冶亭在什么地方？他说，欧冶亭目前正计划重修，并将程师孟的《欧冶亭记》刻其上。欧冶池，池边有亭，"亭阁其上，浮以画舫，可燕可游"。程师孟在疏浚欧冶池时，在池边建了一处欧冶亭。在其后的岁月中，欧冶亭几经迁徙，先是在1479年（明成化十五年），移欧冶亭于池之西，后又于1828年（清道光八年）重建小园于池南，可见，这欧冶亭也是几遭损毁，几经重建。池亭相配，倘若少了欧冶亭，这欧冶池似乎也缺了些什么。

走过正在修整的通往冶山的路，便登上了冶山。我的第一感觉是山如小丘，不禁想起英山洪世测重修冶山将军庙时撰写的一副对联："山不在高，欧冶曾传遗迹；神无弗格，将军久著英灵。"可见，那时的冶山给人的印象已经不是高山，如今，福州人更是把冶山作为"三山藏"中的一山。但据明代《八闽通志》记载，冶山在唐时，山盖高耸，帮有望京之名，经累代营造开凿，今卑小矣。又据《冶山史话》记载："冶山附近离地表约4米到7米的西汉文化层上堆积的泥土，应该是来自冶山的。"这些说明，汉代的冶山应当比现存的高出许多。曾经山盖高耸的冶山，如今天在基础建设中的削峰补谷、填沟筑墙，降低了山的高度。我绕着冶山走了一圈，花费的时间也不过10分钟，给人的感觉有如盆景。

这如盆景般的冶山，浓缩了冶山之精华，充满人文之气息，更加体会到山不在高的含义。山不在高，有文则名。名山之名，不只在自然景观，还在于浸淫其中的文化，更在于两者的珠联璧合。清乾隆年间，纪晓岚任福建提学使时，曾题楹联："地迥不遮又眼阔，窗虚只许众峰窥。"我从登山路上了冶山顶，这里原有玩琴台和观海亭，目前只留着两根水泥柱，上有国民政府主席林森先生的题识："玩琴台、观海亭据全山之胜，唐刺史裴次元二十九景遗迹。丙子（1936）春，永定胡文虎先生捐资重建。"细品题识，可以感知，这玩琴台、观海亭早在唐代就有，而且是据全山之胜。我问同行的专家，这观海亭真可以观海吗？他笑着说，当然可以。据卢美松先生主编的《福州通史简编》中这样说："战国至汉初，福州海湾内海水已渐消退，山丘台地出露水面，周围的沼泽盆地形势开阔，通江达海的地形地貌适宜闽越人聚落成邑，营建国都。"可见，冶山在当时视野是极其辽阔的，在这里建城，得地利。只是之后，福州城市不断扩大，海与江的汇合、泥土的堆积形成的沙洲增加了城市的土地面积，水退洲成，海与城渐离渐远。玩琴台，观海楼，抚着琴，观着海，意境何其优美啊！

　　行走于不大的冶山，见到最多的是摩崖石刻。据《冶山史话》记载："冶山现存摩崖石刻有南京临时政府大总统黎元洪的题刻的'洛社遗风'榜书，也有陈衍、王怀晋、王若恒、杨树庄、于君彦、程时煃、王士珍等先生的题刻。这些题刻中，有的记录了一些重大事件，更多则是登临后的赏物观景抒怀。如长乐施景琛的两块题记，一块记录了丁卯冬为敬祝绩宇大哥生日而题刻，另一块则是于禊游堂宴邀国府主席林森先生题记。"欣赏每一块摩崖石刻，我琢磨着，这冶山和欧冶池应当是当时文人雅集之所，他们常登临这里，赏景咏诗挥笔。我翻了《冶山史话》，选录的诗文记述最多的是冶山、欧冶池、欧冶亭。我读到咏冶山最早的诗收录在《西湖志·古迹》，是唐裴元次写的《望京山》："积高依郡城，迥拔凌霄汉。其时山高峻，故有望京名。"最早咏欧冶池的诗，则是宋人黄裳的："人随梦电几回见，剑逐风雷何处寻？惟有越山池尚在，夜来明月古犹今。"我真想在一个明月高悬时，来体会"月来明月古犹今"之思古幽情。

摩崖石刻中，有一曲到九曲的题刻。我有些惊诧，九曲不是武夷山的景观吗？如何题写在这里呢？我在《冶山史话》中找到答案："冶山之巅有九曲池，水由石壁处罅隙中流出，虽旱天而水不涸；山麓有禊游堂。古时上巳郡人多流觞于此，称'九曲流觞'。大致方式是，一人将一只空酒杯放在九曲池中，空杯在曲水中盘旋而下，另一人紧接着也从曲水上游放一只酒杯，亦任其自流。俟到水曲之处，两杯时常相碰，吉然有声。"书中说，这一游戏，为冶山一胜。读到这些文字时，我仿佛穿越了时光，眼帘浮现出"九曲流觞"的胜景，心里想着，在冶山的重整中，能否重现"九曲流觞"这一景观，让游人享受"两杯时常相碰，吉然有声"的意境。

看完观海亭遗址，我们便去仁寿堂，这是冶山之上唯一的一幢房屋。我在参观冶山春秋园时，便见到几位游人在打听这处房屋的位置，他们说这房屋曾经住着一位特殊人物，我估摸他们是慕名而来。他们说得没错，这房屋曾经的主人是萨镇冰，是一位对中国近现代史产生重大影响的人物，"1938 年 2 月，为庆祝他的八十寿辰，福州各界人士及其旧时袍泽陈兆锵、丁超五、陈培琨等五十多人捐资，购得冶山附近马氏宅，修建一新，赠予萨公，以为贺寿之礼"。萨公于 1946 年回榕后的第二年住进仁寿堂，1948 年萨公九十寿辰大庆时，题了两首诗，原建堂人士又联作《海军上将萨公仁寿堂碑》，勒石为寿，立于堂前右侧。萨公在这里住了五年多，直到 1952 年 4 月病逝。生前，萨公立下遗嘱，将楼捐献给人民政府。2013 年，福建省人民政府将它列为省级文物保护单位。我观仁寿堂时，楼宇正在重整，还是工地，无法进入其中，只能远眺。楼依山岩而建，坐西朝东，整幢楼呈方形，端庄大方。睹楼思人，一座建筑承载着一段历史，行走于建筑之中，如同在触摸一段历史，可以让人穿越时光，与先贤对话。待仁寿堂重建开放时，我一定再来，再来追思对中国近现代史产生重大影响的人物。

冶山之下，有一处围挡。同行的同志告诉我，晚唐福州刺史裴次元在冶山东坡辟球场，还在山上建亭，以周围风光为题，勒成二十咏题于亭壁之上，但至今已经不见，留给我们的只是《球场山亭记碑》残文以及《球场山亭诗序与亭记》。这让我想起刚才在冶山之上见到的为何多是清末民国的摩崖石刻，也许原本也有更多，但是因为取土，山逐渐降低，摩崖石刻逐渐消失，有的可能埋入土中，有的可能被损害或毁坏。修建的工人说，这球场，其实是马球场，原本面积很大，无法全部还原，只能挖掘一个部分，让人们有所了解。

从围挡边上的小道走出，可见孙中山纪念堂。这里原本是省商业厅的大院，你走在这大院中，依然可以吮吸到浓浓的商业气息。孙中山纪念堂坐落在广场的中央，福建省政府于 2015 年将它列为文物保护单位。堂前，矗立着一尊孙中山塑像，塑像的后边，何香凝先生题写的"福州中山纪念堂"镶嵌于楼檐。大楼端庄大方。据记载：占地 1600 平方米，建筑面积 2400 平方米。厚重的砖石外墙，蓝瓦翘檐，看上去庄重、古朴、大气。内有过厅、中央大堂、大小房间近 20 间。有 8 根楠木立柱，梁枋和顶棚的油绘花案，罗马式浮拱。它不同于三坊七巷的民居建筑，也不如屏山之巅的镇海楼，倒给人中西合璧的感觉，既表现出传统风格，又有些西洋风格。1912 年 4 月孙中山先生正式辞去中华民国临时大总统职务后，离开南京，于 20 日上午到达福州，下午又到咨议院发表演讲，随后，又专门把学生留下来，勉励学生："清朝帝制刚被推翻，新的国家才成立，应做的事太多了。你们要好好读书，成为有用之才，为国家出力。时间不早了，你们都回去吃饭吧。"孙中山先生的话非常简短，但是话语中充满鼓励和爱惜，有学生这样感叹："想不到孙先生这样没有架子，爱惜青年，鼓励我们。"1932年，为纪念孙中山先生，贡院埕大街被命名为"中山路"，贡院的至公堂改为"中山纪念堂"，成了我们了解福州辛亥革命这段历史的一个地方。我去的时候，纪念堂正做进一步的维修，谢绝游人参观，好在之前去过几趟，对纪念堂展示的图片还有些印象。据记载，那一天，孙中山先生从圣庙路出南街前往贡院，当地是按照清代乡试主考官的礼仪欢迎的，乘坐了清代乡试主考官的八抬大轿。福建督军孙道仁一身穿军装，腰挂指挥刀，骑着高头大马前头引路。至贡院前时，轿夫突然加速，跑步过"登瀛桥"，直趋贡院——这是主考官入闱的惯例，称为"跳龙门"。礼仪之隆重，可见对孙中山先生的敬重。

如今的高考，被千万家庭高度重视，十多年含辛茹苦的培养和灯下苦读于此一见分晓。古时没有高考，但宋时形成的科举选才制度一直延到清末。福州孙中山纪念堂的前身，就是福州贡院的至公堂。贡院是负责科举考试的机构，是科举选才之所。清乾隆《福州府志》记载，"闽中选举，前代无闻，则自唐始，至宋称极盛"。据说，两宋福建进士多达六七千人，占全国总数五分之一强。福建乡试原在孔庙府学附近，1471年（明成化七年）迁址到冶山设立福州贡院，成了明清两代全省（包括台湾）举行乡试之地。依当时习惯，台湾考生于小暑前离台，到九月十五乡试放榜后返台。福州在宋代时就有乡试试院；公元1471年，福建布政使朱英在此地建行贡院；1516 年巡察按御史胡文静购民居益之，开辟新街里许，改为政门南出；1577 年贡院毁于火灾，1578 年重建。我们今天见到的至公堂只是贡院很小的一个部分。《冶山史话》一书是这样介绍贡院格局的："中为至公堂，后为衡鉴堂、抢才堂、主考官房。中为洗心亭，东西为五经考官房。外东为监临公所，西为提调监试公署。东有'对读''受卷''弥封''内供给'四所，西有'誊录''巡绰'二所。至公堂前为东西文场（试场），中为明远楼，西隅有瞭望台。大门前有天开文远坊，东西各有坊，一是'明经取士'，另一是'为国求贤'。"如今，贡院已不复存在，但是，从这些文字的表述中，我依然可以感到，它的规模之宏大，明清对科举取士之重视。福建有很多历史名人在贡院中举，如李光地、赵新、陈若霖、梁章矩、林则徐、林旭、曾宗彦等。

1905 年，也就是清光绪三十一年，终结了科举制度，贡院也完成了它的历史使命。此时，西风渐进，要求民主共和的声音日起，许多省的督抚上奏清廷，要求顺应时代潮流，实行君主立宪，于是贡院被改为咨议局，成为闽省社会精英共商国是的场所。武昌起义爆发后，福州于 1911 年 11 月 9 日光复，成立了革命军政府，贡院被改为福建省临时参议院。以此看来，孙中山到福州后是到参议院演讲，只是参议院所在地是贡院，所以习惯将它称为贡院。我站在孙中山纪念堂前，环顾四周，仔细地寻找着贡院的踪影。

瞻仰了孙中山纪念堂，从商业厅大院的南门上了中山路，路名是纪念孙中山先生的，民国时期由贡院路改就的。从贡院路的名称看，就可知这是古时的赶考路，闽地的学子，最终汇聚于此，共同踏进考堂。这条路用今天的眼光看不算宽敞，但是，在当时可以说是比较宽敞笔直的了。当时进入贡院的通道设于西侧的丽文坊，巡按御史胡文静觉得这路的方位偏西，又太窄，便于1516年购买两侧民居，东西各扩八丈，南面拓宽三十二丈，建成了南大门通道。我走在这条路上，可以体会到古时对科举考试的重视。

据《冶山史话》记载，中山路上坐落着一些名人故居祠堂，其中如林则徐、梁章钜等的。1785年，林则徐就出生于左营司的一幢矮房子里，幼年也曾在这里读书。如今被辟为一处林则徐的生平展，走进展室，一幅幅图片，让我又一次了解这位在中国近代史上有着重大影响的伟人。

此次探访的最后一站是中山小学。车进了能补天巷，同行说起了这名字的由来，说的是浦城考生邝继聪在温习功课时遇瓢泼大雨，救了一群蚂蚁。后考试时将"天"写成"大"，蚂蚁将"大"变成了"天"，修正错字，使邝继聪名列榜首。这个故事，宣传了善有善报的思想。其实，福州以坊巷众多而闻名，每一片坊、每一条巷的名称都有一段故事，就如贡院周边的丽文坊、赛月亭巷都有故事，把这些故事挖掘出来讲好，能够起到潜移默化的教育作用，也是文化的传承啊！我去中山小学的目的，是想一睹"冶山古迹"题刻的风采。这是嘉靖年间福州太守何茹连书写，字迹端庄浑厚。我注意到,这四个字镶嵌在用古砖砌的护墙上,这护墙,正是省直机关医院的后墙。从方位上看,它并不在今天的冶山上,可见,原来这山体与冶山是一体的,在建设中慢慢地形成了两个山体。

保护历史就是保护文脉,冶山是福州城市之起源,是福州城市文化之起源,福州的中轴线,就是从这里向南不断延伸,与现代接轨。冶山历经2000多年,承载了从春秋到民国的许多重大变革。冶山正在重修,我期待着它撩开面纱,那时,一定会成为人们了解福州历史的一个窗口,成为福州市民休闲的一个好去处。

游览冶山,在登临间思胜世,越来越感受到历史之厚重,心中也渐生对它的敬重。

我在心中感叹:冶山,厚重!

(注:此文撰写中,参阅和引用了《福州通史简编》《福州建筑史》《冶山史话》等资料,向资料编纂者表示衷心的感谢)

三坊七巷建筑表现出的伦理思想

中国传统建筑重视发挥审美的社会伦理功能，占主流地位的建筑审美理想总是与伦理价值相依相伴，具有浓厚的伦理品性，这是中国传统建筑的重要特质之一。

福州人有一句话："田园日日去，亲戚淡淡走。"三坊七巷，就如同我心中的田园，只要有闲暇就想去看一看、走一走。美国建筑师伊利尔·沙里宁说："让我看看你的城市，我就能说出城市居民在文化上追求的是什么。"我将这句话做了些改动：让我看看三坊七巷，我说能说出这座建筑所表现出的人与人相处的各种道德准则，也就是人们通常所说的伦理。

三坊七巷作为一处文化街区，更贴切地说是一处居住社区，这里的居民有这样一个特点：大多数是读书人、为官者，文化素养比较高，大多事业有成，拥有较为一致的价值理念、行为规范。建筑是一种有形的现象，活生生的实体，它不仅仅满足于居住栖身，同时还满足于精神享受。尽管岁月流逝，人已离去，仅留下空旷的建筑体，可人们依旧能通过它窥见精神现象。

　　走进三坊七巷，最先见到的是长长的南后街，这条街是这片建筑的主干道，西面是三座坊，东面是七条巷，虽然千百年来朝代更替、时局动荡、社会兴废，但坊巷这种格局始终得以坚守。走在三坊七巷，有一种感觉，这里的人很善于处理"大家"与"小家"关系，"里坊"就是"大家"。物以类聚、人以群分，对里坊制度的认同与坚守，用共同的价值理念、道德规范打造出了三坊七巷的优美社区，反之，又吸引和聚集了一批拥有共同价值理念、道德规范的人。美国著名学者威尔·杜特兰和阿里尔·杜特兰在《历史的教训》一书中写道："道德是社会规则（就像法律是强制性的行为规范一样），充当社会告诫者的角色，借以劝诫其成员和团体，在行为上要和社会的秩序、安全和发展相一致。"在文儒坊完整地保存着100多年前文儒坊的居民共建的"公约"，原文是："坊墙之内不得私行开门并奉祀神佛搭盖遮蔽寄顿物件以防疏虞三社官街禁排列木料等物　光绪辛巳年　文儒坊公约。"这个公约，算是乡规民约，虽不具有法律效益，但可算是这里的居民的共同约定，是坊巷居民的行为规范。这公约，是有形的，其实，坊巷居民还有不见诸文字、在长期生活中约定俗成的行为规范和共同拥有的价值理念，共同创造出具有地域特色的三坊七巷文化，成就三坊七巷的软实力。"软实力之父"约瑟夫·奈在他的经典之作《软实力》中写道："软实力依靠的是一种塑造人们喜好的能力"，"是一种吸引人的力量"。

很喜欢欣赏从高处俯瞰三坊七巷全景的照片，也很喜欢在晨时或是黄昏站在高处静静凝望这片建筑，平张的黑瓦屋顶组成的一块块图案像是一幅中国水墨画，有如海岸边的微波，透着宁静，十分和谐，富有动感，充满活力。也喜欢穿梭于三坊七巷的每一座坊、每一条巷，尤其是从坊走到巷，再从巷走到弄，路虽然越走越窄，但却越来越温馨，越来越感到触摸到了坊巷深处，听到了坊巷的呼吸。在幽长的、窄窄的小弄举目仰视柔和的弧线马鞍墙檐，屋脊的反宇、起翘，在水平的两端微微上扬，翘角融入蓝天，浑然一体，显示出蓬勃生机之象。郭熙在画论《林泉高致》中写道："远望之以取其势，近看之以取其质。"三坊七巷的建筑风格，体现了汉民族独特的审美意趣，体现出温和，不激不励。温良恭俭让，居住在这里的人家，秉持着这种理念，并把这种理念体现在建筑之中，从而让建筑也显出温和之象。

灯笼，中国文化的一个具有象征性的符号，也是三坊七巷具有象征意义的符号。当我在夜晚穿行于悠长的坊巷，望着灯笼，我就会想起江海中的航标灯，航行的人看到黑夜的航标，就为自己找到了方向，心也就踏实了许多。这家家户户夜晚亮起的灯笼，虽然表达着图吉利、兆吉祥的愿望，同时，也透着相互观照的理念。倘若在夜里，悠长的坊巷，家家门户紧闭，不见一点灯火，走在坊巷之中，就会感到坊巷沉寂，让人心生恐惧，有了这一只只灯笼，就如同今天的路灯，方便了每一位夜间行走的路人。走过许多院落，发现高高的马鞍墙下安着一扇门，我不解地求教于导游，导游告诉我，这是防火的需要，这门平时是不开的，只有遇到火灾之类的不可预测的灾害时，才能打开。我理解了，这是一条逃生通道。高高的马鞍墙，小小的安全门，我当时看了惊诧不已：街、坊（巷）、弄，构成了坊巷的格局，这种格局在明处；但是，每进相通，宅院相通巷巷相通，又构成了坊巷的又一格局，这格局在暗处——这条通道，平时看不见、不太常使用，更加反映了坊巷邻里的关系，表达了"予人方便就是予己方便"以及儒家的"礼"。

随意走进坊巷的一处院落，规制基本相同。进了大门，迎面是一道插屏门，挡住了视野，只有绕走左右两边，才能将院里的景物览入眼中。这道插屏门一般不打开，表达出了"财不外流、财不外传"的伦理思想。一般的院落，天井、客厅居中，以它为中轴，向左右两边展开，天井两边为厢房，客厅两边为主卧，房间的位置顺序按照家庭成员由长到幼顺序排列。曾经读到张亚洲《中国建筑群体中轴布局的儒家哲学含义》，文中分析了中国建筑中的中轴布局的儒家哲学含义，认为："中"是中华民族凝固的民族意识，这种民族意识反映到建筑平面布局上则为中轴线上的"中"，成为建筑平面布局的法则。这种规制，反映出儒学中"礼乐兼备""天人合一"的思想，体现了儒家礼治秩序和中庸之道。

中国人从来就有避讳的意识。拜访人家，总是挑一些吉利的话，让房主开心高兴。现在，信息高度发达，要了解一个人的家庭信息不难，可在信息不发达的年代就有些难了。但是，你会觉得奇怪，来访者说话总是那样得体，不会让主人听了觉得"丢面子"。其实，奥妙就在客厅上方的灯杆上。走进这户人家，望望客厅上的那根灯杆，家庭信息已经表达其上。比如，灯杆在柱子前的，告诉人这个家庭置业在外；灯杆在柱子后的，告诉人这个家置业在当地。还有这根灯杆上挂的灯笼，灯笼挂在钉上，"钉"与"丁"相通，其实在告诉人们这家的孩子状况，灯笼多了，大可用"人丁兴旺"这样的句子夸奖赞扬人家，如果灯杆上没有灯笼或是灯笼少了，在与房主人交谈时，就须注意"避讳"。一根灯杆，把一个家庭最重要、最核心的两个信息都透露了，主客交谈氛围自然其乐融融了。在过去，这根灯杆可以拆卸，房东另搬新居，这根灯杆要从老厝带到新屋。用一句时髦的话说，这根灯杆，就是一根信息杆。如今，福州人搬新居时，习惯带上一根竹竿，含有"节节高"的意思。

天井是每一处院落建筑中不可或缺的，基本位于客厅的前方。从实用性来说，它既有排水的作用，又具有采光的功能。天井四周砌石围起一个小池，雨水落下，沿池边小沟渗入地下，天井承接的是"天水"，体现出肥水不流外人田。阳光从天井照射进来，映在墙壁四周，一片金色。所以，人们将之称为"披金洒银"，"金"指的是阳光，"银"说的是雨水。还有，进门的阶梯一般为二梯，从天井到客厅的阶梯一般为三梯，有着"步步高"的寓意。客厅前那条长长的石条，人称"通财石"，对这石条的长度要求"长同间广"，也就是说石条的长度与客厅的面宽必须相一致，且不能断裂，含有"财不外流"的意思。望着"通财石"，联想到了堤坝，都是为了固守，既是固守，就不能出现"管涌"，出现裂缝。一个不大的地方，人们把财富的守成和对事业兴旺的期盼寄寓其中了。穿行院落，跨过一道道门槛，有人开玩笑地说，毕竟是大户人家，门槛高啊！主人家把自己的地位、身份通过门槛体现出来了，也用这道门槛告诉人们，不是谁想进就能进来的。

去三坊七巷参观，水榭戏台是大多数参观者必去的地方。水榭戏台，已经列入国家级文化保护单位。这处戏台，建在后花园水池之上。大多数人好奇在没有任何扩音设备的情况下，是如何利用水来传声的。而我感兴趣的是这座后花园观众席、递送曲目的走廊和演员通道的设计。观众席就是后花厅，二层设计，一层供男宾观看，二楼供妇女和儿童观看。我曾经站在水池边的护栏上引颈仰望，怎么也望不见二层的人。观众席与戏台之间的右侧有一条长廊，在封闭的长廊上开着一个圆窗，这是专门用来送曲目的，观众喜欢什么曲目，可以写上，通过这个窗口递送进去。演员是不可以走到观众席上的，在戏台的后边，依着坊路的墙有一扇小门，专门用于演职员出入。那个时候，演职员不可以从大门进出，这些设计，将传统的"男女授受不亲"及"男尊女卑"伦理以建筑的形式表现和固化，同时反映了演员在那个年代的地位。

行走于一座座院落，会发现许多院落都有彩绘，先不论这彩绘的工艺，只说这彩绘的内容，大多描绘反映崇尚儒学、激励后人的小故事，就如今天我们所看到的连环画，有衣锦还乡、司马光砸缸、孔融让梨等。这些彩绘，既起到装饰院落之功效，又有通过这些彩绘的内容起到潜移默化的教育作用。在院落的装饰中，还有雕饰、瓦当、窗花，多以梅、兰、竹、松、瓶、莲等来表达淡泊、平安、长寿等传统伦理思想。

在三坊七巷的院落中，大多院落有后花园，这是主人休闲之地。后花园，从建筑规制上看，处于的院落最深处，是一个院落中最幽静、最怡情的地方。看了一些后花园，占地不大，却是房主人最花心思去打造的：山水花木、小桥流水、岩穴石道、峭壁深崖、曲径通幽，让人看了觉得房主人把一方天地移到了后花园。"方寸之中见天地"，在这儿可以透视江山，可以品味风雨，可以感知寒暑，将家国情怀寄于这片花园之中。寄情于山水，是中国文人之传统，在中国诗歌史上，就有山水诗派、田园诗派。在这儿，文人相聚，知己相会，望山水景观，吟诗作画，感怀抒情，趣舍万殊，暂得与已快然。我不知道，三坊七巷中的多少名篇佳作是在这相聚相会中产生的。后花园，也是一方宁静之所，主人可以在闲适中静思与反省，可以触摸到心底蕴藏的淡泊情怀。

从院落的规制上看，后花园与客厅遥相呼应（所以有人把客厅称之为前厅，把后花园称为后厅），前后相搭，首尾呼应，一动一静，一刚一柔，一张一弛，一表一里，体现了刚柔相济、阴阳相错的伦理思想，让人觉得整个院落表现出了融和之美。

……

在坊巷建筑中，还有许多表现伦理思想的建筑元素。走在坊巷间，你可以慢慢地品，慢慢地赏，慢慢地听一座座建筑的诉说。

从古诗中认识三坊七巷

丁酉年始，每日晨时，捧着《三坊七巷志》，书写着其中的诗词。书写中，品读诗句，领会诗境。诗仿佛领着我，穿越岁月时光，去领略诗人笔下描绘的三坊七巷的诗景、诗韵。诗景，很美；诗韵，很淳。

《三坊七巷》，收录了五代至民国吟咏三坊七巷的 100 多首诗词。这些作品，是经过岁月的淘洗，在浩瀚的诗作中留下的精品佳作。诗，从来是由感而发、触景生情的。诗是情感的艺术，越发自内心，越能引起人们的共鸣。诗是想象的艺术，在想象中咏叹山水，让人读了有一种新奇。诗如画，品一首诗，就如在品一幅画，仿佛一幅图景呈现在你的眼帘。诗言志，读一首诗，仿佛在听一位诗人的心声。

"苍烟巷陌青榕老，白露园林紫蔗甜。百货随潮般入市，万家沽酒户垂帘"，这是宋朝龙昌期写的《三山即事》。苍烟、青榕、白露、园林、紫蔗，好一派田园景致，仿佛让人见到了福州版的《清明上河图》。"城绕青山市绕河，市声南北际山阿。云来云去三晡雨，霜后霜前两熟禾。东郭农人极丰稔，西皋老小亦婆娑。肩舆到处皆名刹，时与高人醉踏歌。"这又是一幅城市图景，城依青山、河绕城市、名刹处处、田野稻熟，既可以看到集市的繁荣，又可以领略田野的风貌。在《三坊七巷志》中，还有许多描绘福州美景的诗，如元代萨都剌的《初到闽》，"城闉南有市，灯火夜眠迟"，可以让人感受到福州的夜生活。明代曾异撰《登样楼》，"数千年事在双眼，十万人家第一楼"中，样楼，今镇海楼也，吟读此句，再遥望夜晚灯火燨灿的镇海楼，一定会生发出许多感慨吧。

"栏楯纵横间发苗，参会交互耸双桥。流从江海秋添浪，派合东西午会潮。种树有枝联雁齿，环渠如带接龙腰。奇踪可任频淤塞，疏浚何人利导遥"，这是清时杨庆琛的《双抛桥》。双抛桥，大体的位置在今天的杨桥路的衣锦华庭前。据《闽都记》："初郡城凿渠通潮分二派：东南自水部入，经虎节河而西；西南自西水关入，经观音桥至浦尾而东，俱会于双抛桥。"如今，双抛桥已经不见，此地已是车水马龙。你吟诵《双抛桥》，想象诗人笔下的双抛桥，栏楯纵横、潮会于此、环渠如带，视野辽阔，桥、江、树尽收眼底，好一派繁忙景致。"红纱笼竹过斜桥，复观鲎飞入斗杓。人在画船犹未睡，满堤明月一江潮"，这是宋时曾巩所作的《夜出利涉门》，描绘了利涉门（古时城内的一处桥梁也）的夜景静谧、优美，读了会联想起秦淮河，可见宋时内河幽静。

"等闲田地多栽菊，是处人家爱读书"（宋·龙昌期《福州》），仿佛可以看到一片菊花地的那户人家的孩童正在读书的场景。"最忆市桥灯火静，巷南巷北读书声"（宋·吕祖谦《送朱叔赐赴闽中幕府二首·其一》）仿佛听到夜深人静时，巷南巷北传来的读书声，声声入耳。"正阳门外琉璃厂，衣锦坊前南后街。客里抽闲书市去，见多未见足自怀"，一北一南，清末举人王国瑞把衣锦坊与北京正阳门外的琉璃厂相提并论，可见这三坊七巷的文化氛围。坊巷不仅有读书声，还可以听到诗人的吟诵声，如宋程师孟《光禄吟台》："永日清阴喜独来，野僧题石作吟台。无诗可比颜光禄，每忆登临却自回。"程师孟，太守也，闲暇时总喜登临光禄吟台，呮吸这些弥漫着诗的气息，总感叹没有诗歌可比颜光禄，可见光禄吟台是文人雅集之处，诗人们常会于此。清代诗人王廷俊曾留下"玉尺山留一片石，落花何处觅诗人"，表达了他对光禄吟台的怀念。

在这些诗作中，有多首描写坊巷花灯的诗作。清吴继篯《福州风时竹枝词》"天公变态谁能测，腊尾年头独放晴。欢喜后街灯市闹，行人乐得见光明"，可以想见春节前夕，南后街熙熙攘攘，花灯照脸庞的喜悦。在诗文中，有二首同名的诗作《后街灯市》，一是清周绍元的"福橘香中闹十分，狮球龙爪舞纷纷。我来光禄吟台望，万朵红莲拥火红"，另一是清黄春晫的"璧楮堆红斗巧纷，银花火树簇如云。钟山月色杨桥水，点缀春光到十分"。两首诗，都写出了三坊七巷灯市的热市，也写出了福州元宵节的民俗。还有两首诗，写了人们迎元宵的情景，一首是"阿侬巧制赤球轻，到眼圆光分外明。记得看灯时节近，红丝高揭照人行"（清曾元澄《上元灯》），另一首是"元夕家家结彩棚，裁缯剪纸烛光腾。何人剖橘空中点，胜看莲花大盏灯"（民国杨廷杰《自怡悦草堂诗钞》）。这两首诗，写出了人们节日的喜悦，写出了节日的热闹场面。我是这样想的，如果在元宵夜晚，观灯回来，再吟这些诗作，也许更添元宵的意境了。

诗言志，诗寓讽。宋陈烈《题灯》"富家一盏灯，太仓一粒粟。贫家一盏灯，父子相对哭。风流太守知不知？犹恨笙歌无妙曲"，生动地描写了面对一盏灯，富家与贫家的生活状态，更深刻地讥讽了风流太守，表达了诗人的爱憎。读清林则徐《赴戍登程口占示家人》，"苟利国家生死以，岂因祸福避趋之"，诗人的家国情怀直入心怀，"戏与山妻谈故事，试吟断送老头皮"，表达了诗人受贬之后的淡泊与坦荡。诗人流放途中写了《次韵答陈子茂德培》，其中"关山万里残宵梦，犹听江东战鼓声"，足见诗人失意不失志，即使受流放依然系着家国，想着家国。读了这些诗歌，心中更添了对林公的敬重。

《三坊七巷志》中的许多诗歌，或是怀旧咏物，或是睹物思情。品读这些诗作，可以感受到诗的温度。这个温度，是诗人对坊巷一草一木、一庭一院、一物一景的深刻体会，寄托着诗人对坊巷的情感。在这些诗中，有些是诗人即时心境的写照，如清赵新《社集玉雨山房》："风物全归老画师，笔端点缀各须眉。江山胜在秋空外，裙屐多于曲水时。可笑刘伶空嗜酒，漫传曾巩不能诗。座中多少雕龙手，王后卢前那敢知。"品这诗，不仅可以感受到雅集的气氛，热闹而宽松，还可以感受到高手云集，感受到创作的画面，一幅意境开阔的山水画，曲水流觞，窈窕淑女出现在眼帘。清叶昌敬《拗九粥》"芋火初生白粲淘，饴糖分糁杂年糕。一瓯记向春厨索，口福还留二月叨"，写了诗人煮粥的场景和心境，读了，如品甜甜的粥，看到了诗人愉悦的心情，从中感受到福州的民俗民风。

诗歌是中华民族灿烂文化的组成部分，诗如画、诗言志，诗歌具有穿越岁月时空的功能。品读《三坊七巷志》中的这些诗词，我们仿佛走近了那些年代的坊巷，看到了那些年代的风情，见到了如今不曾见到的让竹亭、钟丘园，听到朗朗的读书声、光禄吟台的吟诵声以及元宵灯节的熙攘声，瞥到了林则徐、严复、林纾、陈衍等先贤们的身影。

在诗词中，我又一次认识了三坊七巷，认识了居于坊巷中的先贤们，正是他们的情怀，让坊巷诗文也有了情怀。

朱紫坊

　　每次看了三坊七巷，就会有一种去朱紫坊走走看看的冲动，只是朱紫坊一直处于重新修整之中，这种愿望没有实现。

　　之所以冲动如此强烈，因为读了《朱紫名坊》，被前言中的一段论述所吸引："朱紫坊街区是以'士人文化'为主体的福州传统社区，是古代福州文化教育机构的荟萃之地，同时又是古代达官硕儒的聚居地，如陈孔硕、傅汝舟、叶向高、谢汝韶、郑大漠、龚易图、萨镇冰等。"《榕城景物考》记载："唐天复初，为罗城南关，人烟绣错，舟楫云排，两岸酒市歌楼，箫管从柳荫榕叶中出。"可见朱紫坊形成于唐代，"依于山北麓而建，傍安泰古河而筑，坐落于城市中轴线旧宣政南街之东，近附府城南面"。著名建筑学家吴良镛称之为"中国古代最杰出的城市设计美学"。

　　每一次参观三坊七巷，导游都会绘声绘色地谈到福州的坊。福州多坊巷，这是古城福州的特色之一，据说闽王王审知主政时，把坊巷建设作为城市建设的一项重要举措，计划在城区建设 80 片坊巷，那时的福州城区不足鼓楼区的一半，建造那样多片的坊，可见闽王的手笔，也奠定了老城的格局和城市的格调。一片坊就如今天的一个社区。坊坊相串，三坊七巷、朱子坊、鳌峰坊三片坊串在一起，有如今天的串珠公园，又如中国的章回小说，既独立成篇，又相互联系。要想真正了解三坊七巷，朱紫坊不可或缺。之所以如此说，是既"性相近、习相投"，同有文儒气息，又相互弥补，相得益彰。曾经看过三坊七巷与朱紫坊的航拍图，两片坊巷各为方块，各有一角对峙，成了两片坊巷的最近通道。倘若以八一七路为界，三坊七巷在路之西，朱紫坊在路之东。在八一七路上，旧时有一处处牌坊，琉璃瓦顶，上书"朱紫坊"。那日，我又去了南后街，看看天色还早，便去了朱紫坊，穿过安民巷，横穿八一七路，便可见安泰河东段，也可以说就进了朱紫坊。朱紫坊因何得名？卢美松先生主编的《朱紫名坊》中这样说"朱紫坊之名，始于宋代，因坊内朱敏功兄弟四人皆登仕版，高官盈门，因高官身着的官袍颜色为朱紫色，所以人们便把这片坊称之为朱紫坊。"听了坊巷的名字，了解了它的由来，我吮到了这名字中透着文气。朱紫坊的名在宋始得，之前，因安泰河上有三座桥，亦有人称三桥，亦有人称之为达善境。在福州的许多地名中，都带有"境"字，如竹林境、状元境……原本以为，这"境"字，有地方、边界之意。后来，向导游请教，这"境"字也有供奉地方神的意思，供奉那些小区公认的好人、善人。

　　沿着安泰河畔静静地走着，用今天的眼光看这段安泰河，宛如一条渠，宽十米许，在一片高楼之中，让人感到窄小，即使与其他纵横交错众的内河比较，安泰河也算不上宽阔。这条曾经的护城河，随着城市的拓展，渐渐地失去护城的功能，也慢慢地成了城区交通的枢纽。清郡守李拔在它的《护城城河水利考》一文中用了很长的一段文字来描述它在整个内河系统的功能及对生产生活所起到的作用。书中说道，安泰河"西至观音桥，出西水关，与外濠江水通，此皆名为运河，可通舟楫，挽运军粮，装卸货物，最为便利者也。又与支河会，南通江潮，潮汐往来，左萦右拂，复有内沟外濠，汇归流通，以助其胜。商贾以之辐辏，室家以之安宁，人文由此蔚起，政教因而覃敷。此支河之开与运河等，均功在万世者也"。那时若从安泰河登舟，东出水部门，经台江内河道可达闽江，西可上溯进入西湖游览。有人将安泰河比作朱紫坊的母亲河，我以为，它不只是朱紫坊的母亲河，也是三坊七巷的母亲河，这条东西走向的河流，如果以八一七路为界，东段在朱紫坊，西段则在三坊七巷。宋人龙昌期曾经这样描述安泰桥一带的市井生活："苍烟巷陌青榕老，白露园林紫蔗甜。百货随潮船入市，万家沽酒户垂帘。"宋代诗人鲍祇也有诗描述当时安泰桥的早市盛景："两信潮生海涨天。鱼虾入市不论钱。户无酒禁我争醉，地少霜威花正然。"据《朱紫名坊》记载，"每天凌晨，鱼商将海鲜运进安泰桥码头，即时上市，以保证新鲜，一到天亮就撤摊收市"。我估摸着，这里的海鲜早市应当也是三坊七巷居民购买海鲜之处吧！

三坊七巷，以南后街为中轴，西坊东巷为商贾之地。安泰河乃朱紫坊的商贾之地，与南后街的业态互补。"两岸酒市歌楼，箫管从柳荫榕叶中出"，故享有"福州秦淮河畔"之称。据《朱紫名坊》一书介绍，"每年端午节，安泰河上龙舟竞渡，锣鼓喧天，两岸观者如堵，欢呼雀跃，热闹非凡。而在每年元宵之夜，这里华灯高照，可以见到许多坐轿或步行'转三桥'的妇女。"有不少诗歌都描述了那时的胜景和青年男女的风情。如宋代曾巩在《夜涉利涉门》中是这样描绘安泰河夜景的："红纱笼灯过斜桥，复观晕飞插斗杓。人在画楼犹未睡，满堤明月一溪潮。"徐𤊻在《闽中元夕曲》云："年少路旁虚送目，良家女伴转三桥。"黄绍芳《转三桥》诗云："十万红灯三五月，衣香吹满绿榕街。"宋人方孝能《福唐元夕三首》云："少年心绪如飞絮，争逐遗香拾坠钿。"人说王维的诗如画，我读了这些诗也如画，联想起了《清明上河图》，倘若能够在城市建设中，将东街口商圈、三坊七巷改造、朱紫坊改造以及内河改造一同谋划，再现"福州秦淮河畔"之胜景，那一定能为福州添色！倘若有人用画笔重现古时安泰河畔胜景，那应该也可算是福州版的"清明上河图"。

安泰河畔正在举办码商大会，对这个名词有些陌生，专门上网查了一下，码商指的是通过淘宝平台向卖家提供电子交易凭证或核销服务的供应商。简单地说，就是运用淘宝平台做买卖的人。

走在安泰河畔，两岸榕树浓荫似盖，粗粗算来，有二三十株，有的榕树根如人展开的手掌一般，紧紧地抓住河堤的岩石，宛如一根根青筋，让人看了更感榕树的生命力。而榕须，在阳光的映照下，闪着金光。福州有榕城之称，此处是比较集中的一处，榕树风姿百态，颇为壮观。望着根虬于堤岸的榕树，再一次感到榕树的生命力之顽强，它们不择生长之地，总能茂盛生长，撑起一片荫凉。据《三坊七巷志》记载，"其中一株'龙墙榕'相传植于唐天复初，树龄逾千年，围径9.8米，树冠110米，裸根形成一堵墙，铁干虬枝，宛如蟠龙腾跃。"走在安泰河畔，老榕尤在，仿佛在述说着这河、这坊的古往今来。在长约一里的河面上，横亘着三座桥，分别是：位于八一七北路中段的安泰桥，处在福州的中轴线上，也有人称之"新桥""福枝桥"；广河桥，位于朱紫坊的中段，因为桥东北侧建有观音亭，所以又称"观音桥"；福枝桥，位于朱紫坊东段，旧时也称"宛转桥"。每座桥的石堤旁，都有一首窄小的石梯，这石梯，既是工人搬运货物的通道，也是女人浣衣的石阶。那个年代，还没有自来水，居民或在自家庭院掘口井，或是几家人共用一口井，打水后用水桶挑了倒入水缸里。需要洗的衣服，主妇们多拿到河里洗，一边洗衣、一边聊天，其乐融融。据说，安泰河福枝桥这段曾是游泳的好区域，那时，游泳好手把桥梁当作天然跳水台，站在桥上往东侧河中跳下，潜入水中，游向20多米外的南岸一块岩石上休息。

　　沿着安泰河南岸边走边看，在方伯谦的故居前，可见一面照墙，高3米多，长达13米，墙顶两端鸥吻。照墙也称照壁，是一种建筑装饰。福州人喜欢在院落的入口处或是单元房的进门处建照墙或是屏风，挡住人的视线，从风水学上说，可避免"直冲"。朋友告诉我，在福州把照墙建在外面的，也就这么一处了。我再次端详这照墙，墙灰已经脱落，露出斑驳的墙体，可见瓦砾与沙土混合的墙体，墙上长着杂草，在微风中轻轻地摇晃。我转过身去，看着大门紧闭的方伯谦故居，悬挂着国防部原部长迟浩田将军为方家题的词"中国近现代史上的海军世家"，这是对方氏家族为近代中国海军事业所做出的贡献的准确评价。

　　我们从安泰河东段向东，沿着法海路，从福州警备区对面的街道拐进小弄。朋友介绍说，朱紫坊的面积原来挺大的，只是城市的扩张，渐渐地蚕食，缩小了老街坊的面积，目前重修的范围只有100余亩。朱子坊，乃名儒显宦、海军将领、科技人才的聚集之地，历代入居者多有功名勋业，受到世人称誉和景仰，因而拥有很高的知名度，产生了很大的社会影响力。我翻阅了《朱紫名坊》一书，在名贤事迹篇中介绍的从朱紫坊走出去或与朱紫坊有关系的历史人物达五六十人。如今，人已去，睹楼思人。这些名人故居有的还处于修缮之中，有的已经不复存在，我们走进了正在修缮的王耀武故居、陈兆锵故居、张钰哲故居，从院落的制式和装修雕花之精细，便可体会院落曾经的辉煌。这些民居在脑中留下深刻印象的有两处。一是陈兆锵故居，不仅看到了传统的福州院落中的花园、庭院，还看到了民国时期的青砖建筑，不同风格的建筑融合一体，体现出了社会的变迁和时代的传承。二是在一幢不知名的院落内，宽敞的大厅正上方，画着毛泽东主席像，两旁各有三面红旗，在毛主席像的右侧，还画着一幅《毛泽东选集·第四卷》的书型。建筑是时代的记忆，老屋里的这幅画，也留下了一个时期的记忆。故居的整修者很有心，保存下了这些画，也算是保留了一个时代的印迹。

去朱紫坊，一定要去享受一下坊的味道。坊，是一片民居，坊中有巷，巷连接着每一座院落，每一户人家。朱紫坊内的花园巷、花园弄、府学里、府学弄、鞭蓉弄、学院前、学院后巷、福涧街、文昌弄、朱紫支弄等10多条小巷，纵横交错，四通八达，与安泰河一起，构成独特的风景。我喜欢在早晨或黄昏时独自行走在长长的坊巷，偶尔可见一两个在狭窄的巷弄上行走的人，体会长长巷弄的那种的幽静，体会太阳照射在黑色的高大墙上的泛着光、透着亮的色彩，看着在巷口的院落门前坐在竹椅上享受着阳光的老人，还有巷口深处的小卖铺，这便是"为爱幽栖好，何妨陋巷居"的意境。这意境，富有诗意，构成了福州特色的坊巷文化。我的心里是很矛盾的，很想呼吁人们不要止于三坊七巷的街、朱紫坊的河，多到坊中的巷、坊中的弄去走走，在巷中、弄中更能听到坊巷的呼吸声，但是，我又很担心川流不息的人群会打破了坊巷的宁静，破坏了坊巷的意境。

在朱紫坊的巷弄中转了一圈，最后去了芙蓉园。芙蓉园，也是重修后对外开放的一处院落，目前所见到的芙蓉园，实际上是由武陵园与芙蓉别岛合二为一。芙蓉园始建于宋，其主座原系宋朝参政知事陈铧的芙蓉别馆，因遍植芙蓉而得名，明代诗人郑少谷曾撰门联"巷陌过颜，老去无心朱紫；园名自宋，秋来有意芙蓉"，说明芙蓉园名自宋得名，芙蓉花开在秋时。之后，芙蓉园数易其主，废废兴兴，2007年三坊七巷重修后，呼呼重修朱紫坊的声音日盛，朱紫坊整修工作也由此展开。芙蓉园有媲美苏州园林之美誉。我走在芙蓉园，首先感觉到它的大，芙蓉园位于朱紫坊花园巷19、21、23号，规模甚大，范围甚广，东通法海寺前，北达朱紫坊，又有小径通府学里，花园里、花园弄、花园街等因此而得名。其次是它的雅，雅在园林。《朱紫名坊》曾这样介绍芙蓉园的园林："园林设计工巧，布局优美，亭榭结构殊为别致；池塘、花木颇为幽雅，景致以水石胜。尤其假山怪石嶙峋，如砌金又叠玉，玲珑可爱。"我观芙蓉园的假山，重修后的园林，基本上依照旧时园林风貌，小桥流水、曲径通幽、鱼儿游池、花儿盛艳，这景无不透着一个雅字。第三是它的巧。巧与雅伴生，巧更添了园林的雅。给我印象最深的便是移步换景，巧妙借景。从花园里望楼，看假山上的阶梯以为是通往院落的台阶，增加了假山的纵深感。当走到楼内，发现面向园林开着一个圆形的镂空窗，可以望见窗外的园林景色。在芙蓉园的另一个园林里，可见一个棋台，建在一个略高出地面的高台上。坐在高台垒棋，可见屋顶毗连，可见屋檐翘角，可见蓝天白云，这番设计，巧借大自然的景色为园林所用，匠心间无不藏着一个巧字。

芙蓉园里，还有一株荔枝树，据说是晚明内阁首辅叶向高所植，如此算来，大约有 500 年历史。望上去，枝繁叶茂，树径有七八十厘米。导游告诉我，每年荔枝熟时，红红的果实挂满枝头。在我的心里，一直视荔枝树为爱情树。倘若把荔枝两个字倒回念，它的谐音便是"知你"。成熟的荔枝红红的，外形看上去像个"心"，剥开外壳，里面的果实晶晶莹剔透，用嘴轻轻地舔上一口，甜蜜直入心肺。我想啊，这朱紫坊，这芙蓉园，是新人们拍婚纱照的佳处，可在这里留下美好的倩影和记忆。

走在芙蓉园里，这里的一些院落被用来作为漆艺展示。记得芙蓉园刚修复时，这里就曾举办漆艺双年展，汇聚世界各地的优秀漆艺艺术作品，给福州献上了一道艺术大餐。福州的漆艺历史悠久，最主要的代表人物沈绍安，一手奠定脱胎漆器的基石，他的后代又把这门独家技艺发扬光大，衍生出一个新的画种——漆画，从实用美术进入观赏艺术领域，成了福州的一张城市名片。近年来，福州努力发扬光大漆艺，努力打造漆艺之都。走在芙蓉园里，可以观赏到不同的艺术作品，小到把玩，书桌上的摆件、各种实用的瓶、壶，大到挂在墙上的漆画。漆艺创作十分烦琐复杂，一般都有七八道工序，创作一幅作品，少则三个月，多则半年一载。艺术是提示美、创造美的过程，这个过程是寂寞的，只有甘于寂寞，才能展示出艺术之美。

朱紫坊，自宋代到近代还是福州的文化教育中心，孔庙、府学和州学、书院、私塾等公私教育机构荟萃于此，朱紫坊的府学里、府学弄、学院前、学院后巷、文昌弄等地名，都在一定程度上说明朱紫坊乃文风昌盛之地。清时，管理全省教育行政的机构——提督学院署设于此处。乾隆年间，纪晓岚曾任福州提督学政，在他的《阅微草堂笔记》卷九中有《题福州学署》一文，亦曾题联："地迥不遮双眼阔，窗虚只许万峰窥。"福州文庙就坐落在朱紫坊，乃朱紫坊的一个部分，始建于公元 773 年，至今算来，已经有 1300 多年历史，其规模巨大、规格崇高、体系完整，构成有明显文化特征的祭祀建筑体系。如今，福州市将它开辟成为主题鲜明、展品齐全、备受市民关注的历史和乡土文化教育场所。那天，因为孔庙没有开放，没有进入其中，未能接受儒家文化的熏陶，只是从那朱红色的马鞍墙上，从大门东西两侧镶嵌的楷书"金声玉振""江汉秋阳"上体会到孔庙的厚重感，我想，寻一个孔庙开放的时间，慢慢地去领略孔庙建筑，感受它的久远渊源。

阳光斜照在巷子的马鞍墙上，斑驳的墙面透着青绿，小巷深处，琴声传来，像是在诉说……

乌山 于山

一

　　登了屏山，领略了镇海楼的雄姿，了解镇海楼的古往今来后，心便生去乌山、于山看看的欲望。（"三山"是福州的别称）福州有"三山显、三山隐，三山看为不见"的说法，屏山、乌山、于山便是福州的"显三山"。再一个，福州的"三山"在岁月的涵养中，各具特色。这篇文章初稿形成后，我发给一位对闽都文化颇有研究的福州市领导，他给我发来了一则短信："乌山的特色：一是古，《闽都别记》就是从乌山写起，故事太多；二是多，摩崖石刻多，仅次于福州鼓山；三是奇，福州又称为'榕城'，参天榕树随处可见，但是论其奇，乌山居多；四是和，山下山上以道教为主的各种宗教和民俗信仰和谐相处，类别之多是其他山没有的。"他的这些文字，促使我再一次去了乌山，去了解这座山。

去乌山很方便，从三坊七坊南口出来，往前直走不到 5 分钟，便可看到红墙灰檐的林则徐纪念馆，再往前走，迎面便可望见一座山，巨石上的摩崖石刻大红的"乌石山"三字，格外醒目。乌山的乌，是金乌，是太阳鸟，是于越族人的图腾。乌山和于山名称的由来，都来自于这个于越族部落，起源于战国时期。汉武帝时期，大举进攻闽地，彻底消灭了闽国政权，道教信仰随之兴起，消灭了原始图腾信仰，太阳鸟被射落。因此，乌山也被人叫作射乌山。

沿着蜿蜒的石道而上，最先去了位于东麓的第一山房，这是邓拓先生的故居，现在被辟为邓拓纪念馆。邓拓先生是 20 世纪中国著名的新闻家、作家、历史学家，曾任《人民日报》总编辑、社长，北京市委书记处书记，代表作品有杂文集《燕山夜话》《三家村夜（合作）》、学术专著《中国救荒史》等。端详着墙上的一幅幅照片，邓拓少年时期随父兄出入于文社，高中时就组织了文艺社团"野草社"，志存高远，在大学时期投身革命，一生十分坎坷。

从邓拓纪念馆出来，拾级而上，在山坡上是一处依山而建的老宅，整个建筑体现出福州建筑的传统风格，灰檐翘角，白色粉墙，富有韵味。轻轻地叩了门，老友热情开门相迎。走进院落，古朴之味迎面扑来，房内保留着闽都民居的装修风格，不大的天井种着兰花、茉莉花等一些花草，但多是文人喜欢的素雅的那类。在这个院落里，聚集着一批有志于传承闽都文化、推动闽都文化发展的人士，他们当中有从领导岗位退下来的党政领导，有对闽都文化有相当研究、成果颇丰的人士。坐在会议室，品着茉莉花茶，聊着闽都文化，翻着他们出版的一本本书。其中有研究会刊《闽都文化》，有他们出版的闽都文化系列丛书，还有他们组织编写的《福州简史》。脑海里突然冒出两个字：文儒。离这个院落不远的地方，就是充满文儒之气的三坊七巷，那里可是崇儒善学之地，涌现出像陈衍、林纾、严复、谢冰心等一大批文人大儒。后之视今，亦犹今之视昔。他们留下的文字，让我们得以今之视昔，今天写出的文字，让后人可以后之视今。我不知道，用当代文儒来比喻我眼前的这班热心传承和弘扬闽都文化的人是不是妥帖，但是我相信，他们写出的文字，延续了闽都文化的文脉。

出了研究院，继续拾级而上，正是阳春三月，白色的李花，嫣红的梅花，各色的樱花，还有许多我叫不出的花名，总之，花装点的乌山，无处不透着春的气息。每年这个时候，鼓楼区便在山上举办花会，观花者络绎不绝，有母亲携着孩子，情侣携手相伴，老年人结伴而行。花是景，观花人也是景，母亲让孩子立于花丛，稚嫩的脸庞、天真的笑容与花映衬；情侣们牵手花前，双目相对，无须言语，就已经让人读到了彼此的爱，让人理解了桃花春色确是一个相思季；那些上了年纪的老人，兴高采烈地赏着花，似乎从这花中去寻找自己曾经拥有的"花季"。"去年今日此门中，人与桃花相映红。人面不知何处去，桃花依旧笑春风。"这是唐人的诗句。今日赏花人，昨日曾来否？赏过乌山的花，在每年的桃花季里，总会惦着、想着乌山的桃花，回味着赏花的那种享受，这种享受是久远的。

"城在山中，山在城中。"乌山虽然不大，但富有山的气势：巨大的岩石如刀削，状如峭壁，老榕参天，树枝旁斜，老藤绕树，榕须低垂。福州的榕树虽四处可见，但榕树的奇多见于乌山。据说福州有13株古榕被戏称为"十三太保"，这十三太保中，居乌山的就有"三足鼎立榕""三友榕""卧牛榕""石壁古榕"之说，这些古榕，各具其景，各显其美。如那株长在岩石之上的老榕，根有如海中的章鱼，将硕大的岩石包裹起来，形成了根抱石。这山，既有不经雕琢的粗犷，让人感到荒芜，也有精心打磨后的精致。清代诗人郭柏苍赋诗乌山道：

> 斜照明山径，迂回喜见林。
> 衣随蝶舞舞，移步听蝉吟。
> 景物闲中静，楼台到处深。
> 晓来云雾起，消息更沉沉。

品这诗，可以感受到当时乌山的意境，斜阳、树林、蝶舞、蝉吟、台深、云雾。在城中能有这样的景致，难怪文人墨客纷至沓来，吟诗咏唱。这些年，福州市政府为了还山于民，将原本设在山上的福州气象局搬迁到了金山，这样，久被封闭的山顶终于露出了它的真容。林则徐出生在离这不远的中山路上，少年时便写下"海到无边天作岸，山登绝顶我为峰"楹联。楹联是林则徐登鼓山而作的一副楹联，我立于乌台山顶上，很自然地想起来。立于山顶，可以俯瞰福州的大半城市。

乌山多摩崖石刻，在冲天台的后壁镌刻楷书"古放鹤亭"4字，旁有宋程师孟的篆书"冲天台"3字。在天章台上，篆书"天章台"三字石刻依然跃于石上，这是元代诗人萨都剌吟咏"晚凉上乌山，置酒天章台"诗句的所在。山上的摩崖石刻最为集中外在道山亭旁，篆、隶、楷、行、草各臻其妙，唐朝李阳冰、宋朝曾巩、赵汝愚、朱熹、李纲、蔡襄、元朝萨都剌及明朝叶向高等都曾留下字迹。我特别关注的是其中一面石刻，刻着曾巩的《道山亭记》。曾巩是唐宋八大家之一，在中国文学中上占有重要地位，曾在福州任职13个月，时间虽然不长，但留下了文章15篇、诗歌35首和老百姓的好口碑。不过，这《道山亭记》不是他在福州任职时创作的，而是受程师孟之请于明州所作的，在当时传诵甚广，道山亭亦因此文而传扬千古。现在，这石刻仍散发着它的笔墨风韵。我站在这块摩崖石刻前端详，文中写道："其地于闽为最平以广，四出之山皆远，而长江（闽江）其南，大海在其东，其城之内外皆涂，旁有沟，沟通潮汐，舟载者昼夜属于门庭"，"在江海之上，为登览之观，可比于道家所谓蓬莱、方丈、瀛山之山，故名之曰'道山之亭'"。说明在作者眼里，这乌山堪比蓬莱、方丈、瀛洲，素有"蓬莱仙境"的美称。

乌石山多亭台，比较著名的有道山亭、先薯亭等。我对这先薯亭很感兴趣，其立于清冷台灵石峰，蓝色圆亭，飞檐翘角，最早建于道光年间，是福州人何则贤为纪念明朝万历年间引种和推广番薯的陈振龙和福建巡抚金学曾而建的。我读了福建省博物馆新近出版的《舌尖上的丝绸之路》，其中有一篇专门介绍"番薯"是怎样被引进的。在 16 世纪七八十年代，长乐人陈振龙在吕宋岛经商，发现当地种植了一种"朱薯"，当时的吕宋岛是西班牙殖民地，西班牙政府不允许"朱薯"出口，陈振龙冒着极大的风险，将薯藤绞入吸水绳中，渡海带回福州并试种成功。陈振龙先生成为公认的中国"薯圣""甘薯之父"。16 世纪末期，福建曾经发生过饥荒，当时福建最高行政长官——福州巡抚金学曾大力推广种植番薯，使饥民渡过的灾荒。在中国，许多外来特种都冠之以"番"字，如"番茄""番邦"之延伸，在古时，皇帝接见外国使者，掌管礼仪的官员都会报告对方国家的称号，即所谓的"番号"，这些国家传入的物种则被冠上的"番"的名称。如今，这些物种多有了自己的中国名字，如"番薯"如今称之为地瓜，"番茄"称之为西红柿。"番薯"虽是粗粮，现在却是保健食品，摆上了高档餐桌，成为"五谷丰登"中的一种食品。

去乌山，乌塔不能不去。"一楼两塔三山"是福州历史文化名城的标志性建筑。乌塔位于乌山东麓，唐贞元十五年（799 年）建设，称为"净光塔",塔身用青色花岗石砌造,外表略带乌黑,故名"乌塔"。唐乾符六年(879年),乌塔毁于黄巢入闽战乱之际。闽永隆三年(公元941年),闽王王审知第七子王延曦准备在旧址上重建九层宝塔,方到七层,他被臣属所杀,工程遂告结束。现塔为八角七层,通高35米,每层塔壁均有浮雕佛像,共有46尊。四层、五层、七层,嵌有塔名碑、建塔塔记和祈福题名碑等,亭内《敕贞元无垢净光塔铭》碑,是全国现存最早碑刻之一。如果从公元799年算起,它比镇海楼的历史还长500多年。乌山有乌塔,添了山的厚重。

随着岁月的流逝,城市的不断发展,乌塔被周边的楼宇遮掩,黑白双塔遥遥相望的景致已经不见了。

二

看了乌山,穿过南门兜,去于山脚下看了看福州老城墙。老城墙,如今在福州所存无几。于山脚下留下的老城墙,是明洪武四年(公元1371年)在梁夹城和宋外城基础上重建,环屏山、乌山、于山,周长3349丈,目前仅存百余米。我用手触摸这段老城墙,有如在触摸一段历史,感觉到了它的温度和厚度。从老城墙再往前走,城墙下一凹处立着一块石碑,碑的上部刻着龙的图案,只是碑面,没有碑文,碑的右下角落着一行小款,上书:"武则天无字碑。"心中疑惑,问了在画院工作的朋友,他也是第一次听说这块碑,其来历留待以后再作考究。

于山南麓，一排建筑依偎着于山，给人厚实庄重的感觉，这便是于山堂。于山堂前有一座毛泽东主席塑像，汉白玉塑造，背靠于山，面向广场。在福州，除了这一尊，在工人文化宫广场还有一尊。这两尊塑像，都是"文化大革命"期间立起来的，几十年的大部分时间，一直立在这儿，望着这座城市的变化。于山堂前便是五一广场，也是一处可感知时代变革、见证历史的地方。唐末五代时，闽王王审之以湖为壕，在于山脚下筑起一座城墙，称"夹城"，因形同满月，又称"月城"。清林枫《榕城考古略》说："明嘉靖中，召客兵居此。万历初，东西建兵房，其外有旧教场。"所谓教场，就是练兵习武之地。明嘉靖四十一年（1562年），戚继光率领6000将士从浙江赶赴福建抗倭，在南校场安营扎寨。清时，福州郡守李拔写了《南教场演武厅铭》，还在这里举行福州一年一度军事演习，总督、巡抚、将军以下军政要人都来参加检阅。清嘉庆十四年（1809年），闽浙水师大败蔡牵，俘获3000人，也在"南校场"举行"献俘礼"，并留有一块纪念碑。碑曰："嘉庆十四年闽中绅耆颂归安，张巡抚师诚歼海寇蔡牵事。"1933年，著名"福建事变"在南校场成立福建人民政府。在"文化大革命"期间，许多群众集会就在这儿召开，整个广场，人山人海，群情亢奋。改革开放初期，广场边上便是当时全省较大的小商品市场，各地商贩到这儿进货，再到各地贩卖。之后，五一广场进行了大规模的改造，扩大了绿地面积，每到夜晚，华灯亮起，广场上歌舞起，许多市民在这里健身，度过一个个美好的夜晚。如今，每逢大的活动，毛主席塑像下的一面长长的墙上，便会挂出红红的条幅，让人从这条幅上的文字知道活动内容：元旦、国庆等节日，广场会举行隆重的升旗仪式，许多人会云集这里观看升旗。我也曾去过，五星红旗在朝阳中伴随国歌冉冉升起的那一刻，心中有着一种自豪感。

从山的西坡上于山，入口处有一古色古香的建筑，这便是福州画院。曾无数次走进这里，因为每年在这里举办多次的书画展，为爱好书画的人提供丰盛的精神食粮。望着这个画院，又想到了乌山，想到闽都文化研究院。似乎感到，乌山、于山两山遥遥相望，黑白两塔，默默相对，研究院、书画院人文荟萃，还没有上山，我已经嗅到了这山的文化气质。

于山的由来，写乌山时已经作了阐述，于山之"于"，取之于越族部落中的"于"字。有一点我感到很好奇，于山与"九"特别有缘，九日山、九仙山、九日台、九仙洞、九仙观等，你会以为这与何氏九仙道教有关，但九日山不是据说与汉武帝时闽越王无诸曾于九月九日在山上宴会而得名。游走于山，先去了揽鳌亭。相传，于山本是东海蓬莱仙境中的一座山峰，后由六只巨鳌驮此，因安放地点意见不一，在闽江口争斗，明御史王英生怕又被六鳌抬走，故建了揽鳌亭，意在拴山。接着去了炼丹井，相传汉代何氏九仙炼丹于此，南向崖壁，镌有乾隆间郡守李拔榜书"丹井流香"，以证当年这口丹井的水质之甘甜。炼丹亭旁便是九仙洞，是何氏九仙道炼丹时的居住之所。"文化大革命"时，于山曾经改名"红岩山"，"文革"结束后，改回了"于山"之名。

从于山南麓登山，便可见到一座古寺，便是定光塔寺，也有人称它为白塔寺。我原先以为这寺规模不大，进寺之后，才发现它虽不是很宽，但是纵深大，是个长方形，廊道环绕。廊道的墙上，镶嵌着白底蓝色的绘画，说的是佛教的故事，一幅一个故事。据寺院僧人介绍，这寺初建于唐天佑二年，由闽王王审知创建，明代嘉靖年间主要殿宇大多毁于倭患，清道光至光绪年间重建。寺院内有一大殿叫法雨堂，是为纪念游方僧义收而建。五代后梁贞明元年（915年），福州久旱无雨，禾苗不长，这时来了个游方僧义收，到白塔寺祈雨，在寺前用木柴堆塔，自己坐在塔上，闭目合十，为民祈雨，3天后按约定时辰点燃柴塔，义收仍坚持不动，随着火焰升起，大雨骤降，义收安然无恙从火中走下。这法雨堂，还有一个故事：严复以第一名考入求是堂艺局，由于艺局开学与船政局动工同期，故先借用于山白塔寺等地上课，严复曾在这法雨堂读书。

沿着长长的廊道，一直走到寺院的后面，便可见到白塔，旁立"报恩定光多宝塔"。仰首而望，白塔矗立。乌塔、白塔遥遥相对，是乌山、于山标志性建筑，早期两塔相望，在塔上可俯视城郭，如今高楼遮挡了视野，两塔只相对而不相望。其实，乌塔、白塔没有必然联系，从时间计算，白塔迟于乌塔建造，原名报恩定光多宝塔，是闽王王审知为其父母荐福，于唐天佑元年（904年）

建造的。之所以取名定光，传说在辟基时，发现一粒光芒四射的
宝珠，所以取名定光塔。明嘉靖十三年（1534 年），塔被雷火焚毁。
后于嘉靖二十七年（1548 年）重建，因为外面涂上白灰层，故称
白塔。如果说有一些联系的话，白塔是闽王王审之修建，乌塔由
闽王第七子重建，两塔都与闽王有一定关系。我绕着白塔走了一圈，
琢磨着这塔名，白塔是从塔身的颜色而说的，报恩寺却是从建塔
的目的而言的，如今大多数人可能只习惯称之为白塔，而渐渐地
忘记建造它时为它取的名字。我以为，报恩塔比白塔这个名字来
得更有文化，更有内涵。

　　从报恩寺北侧拾级而上，先是去了万象亭，之后又游览了于
山各处，历史风云激荡于胸。这里的好多亭台都为一些重大历史
事件而建，以表人们的缅怀之情。九日台，原本是一处炮台，明
代为防御倭寇侵扰，在这里建了一座石屋炮台，以控扼城东南一
带的水陆交通。嘉靖三十七年，倭寇来犯，炮台开炮，打退了倭
寇。离戚公祠不远，有一卧石，上书"醉石"二字。明嘉靖年间，
倭寇侵犯东南沿海，戚继光奉旨援闽，在宁德、连江、福清等地
打了一系列胜仗，平定了滋扰多年的倭患。当他班师回朝途经福
州时全城百姓夹道欢迎，在于山大摆庆功宴，戚继光也开怀畅饮，
不觉醉卧该石上，酣然入睡。后人便在此刻石纪念。离醉石不远，
便是戚公祠，内放戚继光的坐像，黑底金色的"威镇海疆"四字
泛着金光，在戚公祠西侧，2006 年建造了一座武威塔，以纪念戚

继光诞辰 480 周年。从于山的这些纪念设施中，便可看出福州人对戚继光的情感。在于山山腰的大士殿内，坐落着辛亥革命福州前线指挥部。1911 年 11 月 9 日，总指挥许崇智在这里打响了福州辛亥革命的第一枪，结束了福州的清朝统治。展厅内一帧帧珍贵图片介绍了这场战斗。于山之上，还有一处补山精舍，始建于宋代，原为白塔寺接待达官贵人的场所，清道光年间重建。民国二十二年（1933 年）秋，国民党十九路军将领蔡廷锴、陈铭枢、蒋光鼐等，在此召开秘密会议。他们联合李济深等人，于 10 月 20 日发动政变，在福州成立"中华共和国人民革命政府"，史称"福建事变"。这次事变，虽然仅经历了短短 50 多天，但却是我国新民主主义革命史上的一件大事，是中华民族英勇不屈、寻找抗日救亡道路的又一悲壮事业，在中国现代史上占有重要的地位。

欣赏于山之风景，一股浓浓的文气扑鼻而来。这有如美女子一样，仅是面容姣好，往往有一种看了单薄，不经看不耐看的感觉，唯有外表与内在气质俱佳的女子，才能让人欣赏。于山也一样，只有自然风光美丽，算不上真正的美，唯有内涵，才能更美丽，吸引无数文人墨客驻足，在这里雅集，赋诗作画。于山，就是这样的一座山，在几千年的历史中，曾经有多少文人雅士会于此山已数不胜数。辛弃疾任福州知州兼福建安抚使期间，曾于重阳节在于山万象亭上作《西江月》词一首：

　　贪数明朝重九，不知过了中秋。人生能得几多愁，只有黄花依旧。万象亭中把酒，九仙客上扶头，城鸦啼罢醉方休，细下斜风时候。

读罢，可以体会到诗人心中的愁楚。

在于山，还有一处被人称作"蓬莱阁"的青砖小楼，如今被作为郁达夫史迹展。这位现代著名作家在福州工作期间，多次到于山祭拜戚继光，留下了《满江红》等诗句：

　　三百年来，我华夏，威风久歇。有几个如公成就，丰功伟烈，拔剑光寒倭寇胆，拨云手指天心月。至于今，遗饼纪征东，民怀切。

这首词，题于于山戚继光祠题壁，用岳武穆原韵。全诗构思宏大，基调高昂，直抒胸臆。

到于山，就如走进书法的殿堂。据说，于山现存摩崖石刻103段，其中宋刻30段、元刻2段、明刻22段、清刻12段、民国题刻8段、新中国成立后的题刻13段、疑刻16段。你观赏这些摩崖石刻，每一块石头都是那样的天然去雕饰，随石头形状而刻，如补山精舍旁和狮子岩的巨石，几乎全部被摩崖所包裹。在这些石刻中，给我印象深刻的有如"国魂""醉石""寿""平远台""状元台""月朗清风"等，书法与这些石头的结合，更加苍劲有力、更加雄浑，更体现出中国书法的大气与磅礴。

于山的奇石造就了于山的摩崖石刻，而于山的榕树装帧了这些摩崖石刻。福州别称榕城，榕树随处可见。于山的榕树虽说不上大，但论起奇，我却以为于山应当算得上其中之一。榕寿岩有一棵巨榕，榕根环抱得大方石壁上刻的一个丰润饱满的草书"寿"字，这一树石合一的奇特景观给人一种吉祥的寓意。平远台上那棵榕树，树根把整个石头紧紧裹住，岁月已经把平远台"平"字遮去了一半，远处看去，树根倒如一个椭圆形的画框，把这摩崖石刻装饰得更具艺术性。

于山不算大，我在山下转上一圈，也只要个把小时，如盆景那般精致。山的中间，有一处兰花圃，没有对外开放，门虚掩着，我轻轻地推门而入。庭院面积不大，却有着兰亭序那种曲水流觞的意境，芝兰阁挂着书画。我想，这可能是文人雅士雅集之所，把这里打造得如此雅趣。

于山之巅，有一处九日台音乐厅，是 20 世纪 90 年代初兴建的，不时会举办音乐会。此时正是早晨，晨练者伴着乐声翩翩起舞，一群老人们聚在状元峰下聊着天，谈他们的见闻。一个女孩正拿着手机，边走边进行直播，介绍着于山，谈观感。女孩很认真，我猜想着，这是父母培养父母的一种方式吧！小女孩的一句话印以了我的脑海："人们在这里纳凉休息，享受着于山给人带来的悠闲。"从小孩的话中，我体会到于山还是悠闲之山。

乌山之上，曾有一摩崖石刻，是曾巩的《道山亭记》。于山平远台也有一摩崖石刻，镌刻着《九仙山赋》，也就是于山赋，是清人刘萃奎所写。一记一赋，成了咏颂乌山、于山的两篇美文。我立于摩崖前，低声诵读，心更添了对山的崇敬。我一直以为，能称之名山的山，一定是人文美与自然美完美融合的。站在于山上俯视，惊奇地发现，乌山、于山枕着三坊七巷、朱紫坊，成了三坊七巷、朱紫坊的后花园，涵养了三坊七巷、朱紫坊的性情。

名山不能被高楼遮望眼，为了让市民看得见山，方便上山，福州市拆了五四路边"东方书画社"的楼，建起了上山通道。

选择从北麓下山，山脚下坐落着福州格致中学，是西方教会于 1847 年 7 月成立的。校名"格致"二字最早出现在《礼记·大学》，"致知在格物，物格而后知至"，但在西方看来，"格致"相当于科学课。"格致"两字，体现了中国文化与西方自然科学的结合。在山的北麓，还坐落着省医科大学附属协和医院。它创建于 1860 年，前身是美国基督教会创办的福州圣教妇孺医院和马高爱医院合并成立的福州基督教协和医院，看医院的老建筑，与中国其他协和医院的建筑极为相似。于山山麓有着悠久历史学校和医院，体现了于山多元文化的相互包容、相互融合，孕育了福州城市精神：海纳百川，有容乃大。

在上下杭，触摸榕商文化的根与脉

一直对上下杭有着特殊的好奇心，它处在福州城市的中轴线上。若想了解榕商的历史，了解榕商的变迁，了解闽商文化，了解福州的市井风情，上下杭是一处非去不可的地方。2010 年以来，我去了好几趟，既目睹了"旧貌换新颜"，又在一次次的探访中解开心存的一个个问题。

上下杭大规模改造之前，用了两个中午的时间走了上下杭，穿大街小巷，走进深深庭院，眼望斑驳的墙体和如蜘蛛般搭挂的电线，目睹脱落得让人认不全的商店招牌，窄窄的里弄小道的路面坑坑洼洼，污水横流，三捷河桥下的那条河水浑浊不堪，空气中弥漫着一股难闻的气味，给人的印象是，它曾经拥有繁荣但随着岁月的流逝又衰败了。在院落窄到仅可容身的走道上环顾院落，一个不大的院子，住着好几户人家，随处的搭盖，随处的晾晒，可以利用的空间几乎利用殆尽，有人曾经形容福州是"纸褙的福州城"，看了这番情景，感到这种形容确不为过，当时心中受到强烈的震撼：在这样的城市中心，离闽江近在咫尺的地方，在城市老城改造速度进一步加快的同时，竟还留存这样的一个地方。

要么在衰败中永久破落，直至消失；要么在衰败中新生，让它以新的面貌展示于人。破旧与衰败，给人一种选择，让人做出回答。上下杭，作为这座城市的历史印迹，应当是闽都文化不可或缺的一个部分。从 2011 年始，上下杭进行了大规模改造，重现历史上特殊的商业风貌。

虽然上下杭的改造还未全部完工，但走在其间，已经可以感受到它的蜕变，一股浓郁的商业文化气息扑面而来。

2018 年的一个夏天的周末，又一次走进了上下杭，这一天，天朗气清。乘公交车在工人文化宫下了车。在我的印象中，文化宫与上下杭距离不远，走一段路便可到达，没有想到，经过几年的建设，文化宫周边已经是高楼林立，让我有些找不着北了，盲目地转了一圈，还是不知道上下杭在哪。虽然费了些周折，但也有些意外的收获。在工人文化宫的后门，有一条长约 200 米的旧货地摊早市，一个摊子一个摊子挨着，许多平日在商店里见不着的物品，一些如石磨这样的手工打造的物件，还有些不知是真是假的古董，琳琅满目。一个摊子一个摊子看着，一件物品一件物品欣赏着。询问这些物品的来源，摊主回答道，多是房子拆迁时家里保存的老物品，现在用不上了，把它拿到这里，找找看有没有感兴趣的主人。对于这些物件，对有兴趣的人来说是个宝，对没兴趣的人也许就是废物一堆。早上 8 点，地推主人将地摊货用地上的那块布卷起，放在电动自行车上，扬长而去。因为 8 点之后，这条路就不再允许摆地摊了。

从国货路横穿马路，经龙岭顶往上下杭。从名字上看，就知道龙岭顶一个山岭，顺着小路上山，路旁的只有二三层的以红砖砌成的居民楼已经全部搬迁，不久的将来，这里也要进行改造重修。只是从店面的招牌和一些铭牌上，应了"山不在高、有仙则名"这句话。龙岭顶还是颇有历史的，至今父辈们忆起上下杭，还会绘声绘色地谈起它，谈起"蔡五五炒粉""马幼源画像店"和"蓝庆一膏药店"。龙岭顶有一处武圣庙，在第一次国内革命战争期间，"福州市店员工会"就设在这庙宇内。查了一下相关资料，上下杭地区红色资源十分丰富，从新民主主义革命到土地革命，从抗日战争到解放战争，这里留下了许多革命遗址：中共福建省委和福州市工委、闽江工委地下活动点旧址，中华民族解放先锋队福州总队旧址，中共福建省委闽中工委地下交通联络站旧址，中共闽浙赣省委福州地下交通联络总站旧址，中共福建省委地下联络站旧址，中共闽浙赣福建省委福州太平山交通联络总站旧址，福建省委联络站旧址……一个区域，这样集中留存革命遗址的还不多见，琢磨其原因，大概与上下杭的商业密切相关。闽江是交通要道，是旧时进出福州的码头，人员流动性比较大，身份比较混杂，上下杭的商业又与其他地方不同，前店后厂，集生产与经营于一体，除了码头工人之外，还有大量的产业工人，拥有广泛的群众基础，便于党组织的建立和开展活动。这些革命遗址，随着岁月的流逝，有的已经不复存在，我以为，上下杭的革命活动，是红色资源，要抓住上下杭重新整修的契机，选一处宅院，辟为上下杭革命遗址展览馆，必是传统教育的好教材。

从龙岭顶经过油巷下，便可望见一座长长的石牌，上书：上下杭。讲解员大致讲解了上下杭的区域分布："上下杭区域面积0.47平方公里，以下杭街、上杭街为主干道，连接南北走向的隆平路、大庙路和东西走向的延平路、潭尾街等道路，其间分布20多条小巷，共同构成了以双杭路为骨干的'鱼骨'状街巷体系。"从这里往东，进了三通河下巷，可望见重修后的景象：白墙灰檐翘角马鞍墙，重修后的小楼尽显古色，透着古韵，有的店铺已经开张营业，旗帆、灯笼悬挂，显时出旧时的商业古韵。三通河下巷，一面是店铺，另一面依着河。很长时间里，我的脑海里一直带着这样的疑问：为什么会在这里形成商圈？地利也！畔水而居、因水而兴，尤其是在没有铁路、公路、航空的时代，水道就是路，人们将水道辟为水路。在没有公路的年代，船所达之处，往往就是繁荣之处。上下杭紧靠闽江，属于闽江堆积平原，据《三山志》记载："有江广三里，扬澜浩渺，涉者病之。"在大庙山的南麓，沿岸有两个大沙漠，是天然的码头，宋朝之后，两个大沙痕逐渐形成陆地，人们在这里建楼盖屋，筑路设厂开店，形成了如我们眼前所见的上杭街和下杭街，就是人们通常所说的上下杭，尤其是 18 世纪五口通商后，福州是五个开放口岸之一，吨位大的海轮泊在马尾，依靠驳船做货物的中转，上下杭成为货物的集散地，这个时期也是上下杭的鼎盛时。上下杭的"杭"字，原本应当是"航"，有航道之意，与水有关，不过，现在所称的"上下杭"离水的意思更远了。

站在三通桥上，眼望着河水，这河经过改造，榕树遮阴，河水透彻，与河两岸的传统民居融为一体，宛如一张画卷。一位穿着橘红色马甲的清洁工正划着小船在河道上清理垃圾，小船与船工的马甲装点了小河的风景。这是福州城众多的内河之一，但古时这条内河的位置形成"河水两头涨"，涨潮时，闽江潮水南端从新桥仔河流入达道河至三捷河，西端由闽江流向三捷河，两河水汇聚于三通桥北侧张真君祖殿前，形成了独特的汇潮景观，旧时有民谣称"圣君殿河水两头涨"。按照这样的说法，如果用今人的眼光，三捷河是一条"河峡"，上下杭的主体部分四面环水。潮涨时，汇聚闽江的山货与海货从南端和西端进入三捷河，三捷河又连接着福州东西两大内河水系，许多运往城里的货物，就是从这里流出的。在我的心里，勾勒出一张福州早期的交通图：城内的内河——三捷河——闽江码头——逆流向江、顺流向海。

站在三通河桥面上，望着缓缓而流的溪水，我仿佛看见千帆苇竿的胜景，看到三捷河的繁忙景象，那时福州的许多老人望着内河水位，看着河水的涨落，就可以算出农历的日子，然而这些只能成为我的记忆，只能以文字的形式告诉后人。现在，铁路、公路、航空已经替代了水路，福州城里交通四通八达，不仅有了地面交通，地铁建设也正在加速进行。在城市的建设中，部分河道改铺成涵道，有的河道已经改道，就是我站的三通桥，也在 2004 的修复中向南扭转了 70 度，位移了 47 米，"河水两头涨"的景观从此不再。在我的心里，非常渴望见到"河水两头涨"的景观，希望听到三捷河面摇橹的桨声、船工的号子和小街坊里传出的叫卖声。上下杭如果少了船，少了这个声，就少了特色。

有河就有桥，从三通桥眺望，不远处就是星安桥，三捷河的另一个名字就叫星安河。"一桥飞架、两铺相通"，是从位于上下杭的福星铺和跨在上下杭与苍霞洲之间的安乐铺各取一个字组成。在上下杭，还有小桥、妈祖道桥、济南桥等。

站在三捷河环顾，沿河两岸有不少庙宇，目之所及就有陈文龙尚书庙、张真君祖殿等。查了《双杭名阜》，其中有一章节专门介绍了上下杭的民间信仰，张真君祖殿及其信仰民俗、陈法师信仰及民俗、张真人信仰及民俗，主要属于道教，此外还有陈文龙信仰和习俗、五帝信仰及其民俗、拿公信仰及其民俗、王天君信仰和当地的祈雨习俗。在一个区域，民间信仰和习俗竟是这样兴盛，这样集中。《双杭名阜》这样记载："上下杭街区的商业发展与民间信仰密切相关。最初人们因张真君祖殿前存在河水'两头涨'现象，而将它与商贸活动的美好寓意联系在一起。随着上下杭街区商业发展，各地商人聚集于此，带来各地区不同形式的民间信仰。"上下杭的商家在崇奉"海神"妈祖、"商神"张真君、"诚信神"关帝、"水神"陈文龙的同时，又敬奉本业祖师，如纸业蔡伦、酒业杜康、药业李时珍、茶业陆羽、纺织业黄道婆、理发业吕祖、饮食业灶君等等。上下杭民间信仰的发达，是商文化的一种现象。一是区域相对集中。商人追捧"涨"，民间信仰的活动场所多集中在三捷河周边，借了"两头涨"这一吉祥景象，他们尊奉海神、商神、诚信神、水神，都与商业密切联系相关，都希望"生意兴隆通四海，财源茂盛达三江"，都含着平安发财之意。二是信仰广泛。上下杭汇聚各方商业，而且人们长期远离家乡、漂泊在外，身在他乡为异客，便带来了各地区不同形式的信仰，这就如我们今天许多的海外华侨，长期漂泊在外，将家乡的信仰带到旅居地，以表自己的思乡之情。三是与海与水有关。旧历五月至八月间，瘟疫经常流行，五帝庙要举行"请相出海"仪式，祈求庵中"五帝爷"保佑，在出海前驱魔降妖。

上下杭的庙宇比较多，供奉的神原本都是一个生活在人间的实实在在的人，他们做了许多好事，去世后，人们念着他，尊为神，希望能够长久保一方平安。下了三通桥，走进了陈文龙纪念馆。陈文龙是莆田人，南宋时的抗元民族英雄。

在大庙山神庙，供奉着拿公，清代时拿公成为海上导航之神。"拿公，原名卜福，邵武拿口人，年轻时读过书，后来在福州闽江打鱼，有天晚上，卜福见有人欲往井中投毒。为救乡人，卜福把一大包毒丸全部吞入口中，顷刻目暴舌吐，面色发黑，僵死井边。卜福妻闻讯而至，抱住卜福大哭，结果因被毒气冲心，亦死于其夫身旁。乡民感其舍命救人之举，将其奉为神明。""他舍身救人的事迹传开后，生活在闽江流域的船民，长年饮用江水，担心水质不洁而中毒，也将拿公作为水神来奉祀。"这些民间信仰，实际上是百姓心中期盼的一种表达，他们希望生意兴隆、扬善除恶、平安幸福。他们希望有神灵来庇护他们，因此经常开展各项活动。福州市三大著名的人文和民间信仰景观，陈文龙尚书庙的"乡庆"活动和上杭路的"张真君殿"占据其二，可见上下杭的民间信仰之盛。

参观陈文龙尚书庙之后，就去看福州市工商联遗址，边走边欣赏路旁的各种建筑，目之所及，墙面脱落，斑驳中带着岁月给人一种强烈的沧桑感，但在这沧桑感的后面，又让人看到它的气势。这些尚未整修的老建筑，既体现了中国传统建筑风格，又表现出外国建筑装饰手法。我仔细地看着"咸康参号"四个字，据说这个招牌是郑孝胥书写，整个建筑采用中西结合的建筑风格，建筑为圈顶石门框，两侧均为石制墙裙，青砖墙、墙壁四面和屋顶都安装了大玻璃窗。隆平路99号，一列厚实的砖墙，圆卷顶石门框。

我将这些建筑与三坊七巷的建筑做了些比较，觉得有很大的不同：三坊七巷是一个居住社区，那条长长的南后街，当时也主要为三坊七巷中的居民们服务，它的建筑风格更多地传承了中国庭院建筑风格，在一定程度上与徽派建筑相承；而上下杭作为一个商圈，建筑满足经商需要——如果将商文化与儒文化做一个比较，儒文化内敛，而商文化张扬，这不是说商文化不好，而是需要，经商需要展现实力，而建筑需要以恢宏来表现这种实力，再则，商人行走各地，与各种人打交道，视野开拓、兼容并蓄，在建筑上表现出了中西合璧的风格。我一边走，一边将三坊七巷建筑群、上下杭建筑群、烟台山建筑群进行了一番比较，三坊七巷体现中国传统民居，其格局在晋时已经基本形成，建筑以明清建筑为主，故有"明清建筑博物馆"之称；上下杭作为商业区，虽在宋时已显端倪，一直到民国仍是重要商业中心，聚集着各种商号、会馆，在建筑上既有中式建筑的风格，又有西方建筑的元素，在兼容并蓄上更为突出；而烟台上的建筑，作为外国使领馆聚集区，其建筑多体现西方的建筑风格。

工商联遗址位于上杭街后山的彩气山上。一听这山名，我就有些乐了，彩气，财气，彩财谐音，彩还有好彩头之意。不过，这只是我的猜想，没有去证实。后来，我了解到，彩气山原名紫气山，亦称采芳山。平时，许多上了年纪的老人给我讲上下杭的商业楹联、生意俗谚、商业禁忌和经商过程中常用的暗语，他们讲得津津有味，我也听得津津有味。有些生意俗谚，如"一分货，一分钱""不怕生意小，只怕顾客少""和气能生团、急气客不来"等，至今还经常从商家口中听到。

多年以前，曾经到过整修前的工商联遗址。这是一处以魁星楼为核心的园林建筑群，是宣统三年（1911 年）福州商务总会以白银 11350 两购买上杭街 48 号房屋作为商务总会的新会所。《双杭名阜》介绍，魁星楼为木质双层建筑，外观为四角攒尖顶，内部结构则是八角攒尖顶。亭后为花厅，花厅内有石板铺就的天井、花台，北侧为假山石洞。天井东侧为单层两面坡平房，西侧为木构阁楼，楼上有通廊，廊沿有美人靠。楼下有花瓶式花门与魁星楼楼相通。魁星楼南面有假山洞、古树、花台。魁星楼东隔墙有门，可通墙外之东庭院，园中植有古樟、古榕和花草。另有一座六角亭，亭上可俯瞰上、下杭街市。此亭北还有一座两层的客房。目前，此处已经修复，正在进行内部装修，辟为福州商文化博物馆。早期的商务总会，作为一个具有近代商会性质的工商团体，在推动福州市乃至福建省商业发展做出了巨大贡献。

文有文社，诗有诗社，商也有商帮、商会，经商需要抱团取暖。当地的同志介绍说，上下杭成为福州经济"金三角"后，商业十分繁荣，渐渐地诞生了如商帮、会馆和商会这样的组织，许多商行都按经营的商品种类或是籍贯组成商帮。如按经营业务分可分为油帮、纸帮、酒帮等诸帮，按照商人来自的区域分可分为兴化帮、福州帮、闽南帮、温州帮、江西帮、南平帮、长乐帮、福清帮等诸帮，各个商帮自定行规，自选会首，自议服务，各有各的势力范围，各自为政，垄断和控制着福州乃至福建全省的商贸市场。商帮的活动主要依托会馆进行。利用会馆，各商帮既联络同业，互通商情，促进商业发展和保护本商帮的利益，也通过各种节庆、祭祀等活动联络感情，同为在福州的乡人提供居住、教育等方便条件。

　　会馆是一种地方性的同乡群体利益整合组织，以地缘为纽带，"敦乡谊，叙桑梓"，是由同籍或同行在客地创建的兼具办公、居住、休闲功能的场所。上下杭作为福州最重要的商业街区之一，历史上有 66 所会馆，他们发挥着联络同业、互通商情，聚乡人、联旧谊，弘扬乡土宗教和乡村文化以及彰显爱国爱乡情怀的作用。现在，大多会馆已经不复存在，即使保留下来的，也在岁月的侵袭中显得破烂不堪，有的仅存大殿框架，有的仅残留一块石碑或一面墙，有的仅存一扇清水门或石柱残联。从这些残留的建筑遗址中，我依稀可以看出它们曾经的宏伟、富丽，既有建筑者祖籍地的传统特色，又具有福州地区建筑艺术风格。我心里想着，在上下杭的全面修复中，选择一两处会馆加以修复，重现会馆景象。

　　走马观花式地游览了上下杭，脑海里梳理了一天的所见所闻。头脑里产生了么一个印象，上下杭作为货物的集散地，融商业与物流为一体，聚集着大量的产业工人，因此，上下杭的商文化融入了市井文化、码头文化，具有自己的商业文化特色。

　　上下杭，因商而兴，因商而荣，特殊的地理位置选择了它，因此也孕育和产生了具有地域特点的商文化。这文化，是财富，弥足珍贵，在上下杭的重修中，必须揭示出它"商"的内核，做足商文化的题材，少了"商"，就少了上下杭的魂。

　　（注：本文在写作中，参考了黄清敏先生主编的《双杭名阜》，特表谢忱）

烟台山，老洋房

　　福州的中轴线从屏山脚下始，向江延伸，到了台江，一桥连接跨过，便是南台岛的烟台山，也称作仓前山。20世纪80年代前，这里应当是南台岛最繁华的地带，如果时光再追溯到19世纪末叶，算是福州最早开放的区域，是外国领馆最集中、外国人最多的区域。我在鼓岭，便会想到烟台山，在鼓岭的观景台，眺望闽江，便想到逆流而上的不远处的南岸便是烟台山。也曾在烟台山脚下的解放大桥，望着溯流而下的闽江，想到三江汇流处的鼓山顶上的鼓岭，二者有着千丝万缕的联系，鼓岭在一定意义上，是外国人的夏季度假区，甚至可以说是外国人的夏季办公区。

　　自福州开阜以来，外国传教士、外交官、商人纷至沓来，在仓山建起了十几个国家的领事馆和众多洋行、教堂、学校、医院、俱乐部、跑马场、图书馆等，仓山成为中西文化交汇之地，这就是吸引我到仓山这个地方走走的原因。

去了上下杭，写了《在上下杭，触摸榕商文化的根与脉》，便寻思着去看看烟台山。烟台山，最早称为藤山，之所以称为藤山，因其脉一起一伏，如瓜引藤。明洪武年间，藤山北麓始设盐仓，至嘉靖年间，商人已创私仓百余所，故获仓前山之名。这山，还有烟台山之名，因为山顶山有一处古烟台。

那天早晨，风和日丽，从上下杭穿过马路，可望见一幢西式楼宇，是福州的青年会馆。记得小时候，父亲曾领着我到这里，指着这座方方正正的青砖楼告诉我它的由来。1910 年，62 岁的闽籍爱国侨领黄乃裳接任福州基督教青年会会长后，为了让青年会成员有个固定的活动会所，便于联络各界人士，于 1912 年在苍霞洲筹建新会所。黄乃裳筹集资金 5 万余元，美国总统西奥多·罗斯福捐资 12 万美元，还有美国基督教卫理公会、美国基督教公理会、英国基督教圣公会等参与筹集资金，共同修建青年会会所。会所主楼选址在台江苍霞洲，建筑面积为 8156.4 平方米，于 1916 年建成。凝望这楼，可能是福州城内为数不多的西式建筑，有人认为它是一座典型的近代建筑，其地位足以与"上海大世界"相媲美。虽经历次的城市改造，周边的华联商厦、台江百货等一些老建筑已经淡出人们的视野，青年会馆作为历史遗存得以保留，静静地听着江风，引着人们对往事的追忆。

从福州青年会馆静静地望着闽江，望着对面的烟台山。福州的中轴线从屏山脚下向着闽江而来，到了这里，一江横亘，一桥衔接，这桥的名称叫作解放桥，顾名思义，这桥与福州的解放有关。其实，解放桥的前身是一座石桥，名叫万寿桥，始建于元朝，由万寿头陀寺和尚王法助奉旨募建。福建省档案馆出版的《流年似水——外国摄影家眼中的闽江与福州》，其中几幅摄于 20 世纪初的照片，可见石块垒起的桥墩，桥上行人如织，桥下万桅林立，万寿桥连着中洲岛，中洲岛连接仓前山的那一段称作江南桥。福州作为"五口通商"之一，在 19 世纪下半叶和 20 世纪上半叶随口岸的开放，不少外国人涌进福州，这些外国人，多杂居于闽江南岸仓前山泛船浦一带，外国领事馆也集中于此。我心里有些疑问，为什么这些外国人选择跨江且偏僻的烟台山，而不是住在城里。读了《烟台山史话》其中的一段记载，解开了我的疑问：按照"五口通商"的协议，洋人只能在城邑（即城外）居住或经商，所以首任英国领事来的时候，他只被允许在远离城区的鸭姆洲居住。洋人们很想进城，地方官员不让进城，双方艰苦地拉锯。后经中英政府多次商议甚至争执，最终的结果是洋人落脚于烟台山，这里不算城内，但地处闽江边港口，既未违反《南京条约》中洋人不可进城的约束，可平息官僚士绅的抗议，又便利洋人经商贸易。烟台山作为清朝官府和洋人都满意的一个据点被确定下来，从此洋人们选择烟台山作为落脚之地。

　　这段闽江的两岸，100多年前是一个十分繁荣的商圈，《福建省全志（1907—1917年卷）》这样记载："闽江主流及其支流，流经省内各地，所以内地的物产，首先悉数汇集于此地，然后运往海外和省外，省内所需要物资，也先集中在此地，然后通过陆路和水路运往省内各地。仓前山与上下杭，隔江相望，上下杭多为华商云集，仓前山外商汇聚，在仓前山这一区域，不仅有细棉布、织布、棉纱、石油、砂糖等进货商，还有很多电信、电话、商社、银行、海运业、杂货铺和旅馆，就当时看来，仓前山应当算是现代化程度相当高的区域。当时的世界知名企业纷纷入驻仓前山，如英国的太古洋行、永昌洋行和太平洋行等洋行以及汇丰银行、大东电报公司和屈臣氏药房等商行，俄国的顺丰洋行和阜昌洋行，德国的禅臣洋行以及日本的三井物产会社、大阪商船会社等。"我回头看看隔街的上下杭，又回头遥望仓前山，想着若要研究福州的商业文化，应当包括仓前山的商业文化。

　　那天没有过桥，缘于很想有一位了解熟悉烟台山历史文化的同志领个路，作番介绍。

　　又一个下午，约了仓山区烟台山管委会的黄新怡主任，她十分热情地答应为我介绍。可是，天公不作美，春天就是这样，上午还云彩满天，下午却突然乌云密布，走在路上，雨就开始滴滴答答地下了，越下越大。我最先去的是观井路上的罗宅，新怡主任地那里候着。烟台山历史文化街区的改造工作，由万科房地产公司负责，这罗宅是他们最先改造完成的老宅之一，目前的功用有如售楼部，用于接待四面八方的客人。

　　环顾罗宅建筑，整体风格更多彰显福州的传统建筑风格。罗宅至今已历400多年，罗氏祖先系近代福州钱庄业巨贾罗金城，早年经营海船。知晓了罗家经营的产业，就理解了这家为什么把家业放在这与上下杭相对的闽江另一边。《贻顺哥烛蒂》是福州人很喜欢的一部闽剧，男主角春生就在罗家的船上工作，女主角春香就是罗家的丫鬟。细细体会老宅建筑，"花基"石墙上留下的烟火痕迹，闻到了老宅的味，也看到了旧时建筑的精细，每块石头有如"花菇"般，垒在一起，添了动感。墙基用石块垒成，为了防止洪水，因为这石头，经得起水的浸泡。此时，雨下得正大，站在大厅，静静地看着天井，不像在三坊七巷院落里见到的那样，雨如帘布，顺着檐边水槽顺着钢链而下，有如水柱。这种设计，体现出"四水归一"的设计思路，罗宅围绕天井的四面屋顶，都是向天井一方倾斜。在传统民居设计中，天井是很有讲究的，阳光被看作"金"，天井要能够让太阳照在墙叫作"洒金"，雨水向着天井汇聚，叫作"留银"，有"肥水不流外人田"的意思。

　　雨愈下愈大，我坐在罗宅的休息室里，听新怡主任介绍仓前山历史文化风貌区的概况。从她的介绍中，我知道100多年前的福州作为"五口通商"口岸之一，曾是外商、外国领事馆云集之地。目前，当地政府十分重视这里的历史文化的挖掘整理，试图重新恢复 100 年前的风貌,恢复那段历史记忆。他们正在下大力气修复烟台山历史文化风貌区、马厂街历史建筑群和公园路历史建筑群。新怡主任告诉我,公园路历史建筑群和马厂街历史建筑群有多处民宅,多用庐、园、墅取名,如爱庐、忠庐、梦园、可园、以园、竹园等。这与三坊七巷有些不同,三坊七巷虽是名人汇集之地,但是没有为自己的住宅起个名号。观察这些建筑的外部,大多采取西式建筑样式,充满异国情调。

　　雨小了一些,我们走出罗宅,看到路边围挡写着孙中山先生题写的"独立厅",十分好奇,于是想去探个究竟。车在梅坞路的一个小区停下,走了几步,独立厅便映入眼帘。这是一座二层式的青砖小楼,门檐上悬挂着黑底金字匾额,上书"独立厅"三字,门的右边还挂着一块"福州市仓山区文化活动中心"的牌匾,这两块牌匾非常清楚地告诉我们这幢楼的今昔。楼的前身是桥南公益社,是一批福州革命党人以此为掩护,进行革命活动和宣传工作的据点,是福建辛亥革命的策源地,全省辛亥革命的指挥中心。1912 年 4 月,孙中山先生一行从马尾乘坐小轮船来到烟台山的梅坞,在"桥南公益社"座谈,应邀写下了"独立厅"三字,从此"独立厅"替代了"桥南公益社"这一称呼,之后这里又成为"青年俱乐部",一度还创办了独青小学。走进独立厅大楼,墙上悬挂着几幅仿制的孙中山先生的书法,依稀可以体会到孙中山先生与这幢楼的渊源,房间多被辟为教室,摆着各种乐器,可以看出这里现在被用于青少年的课外辅导之所。

看了独立厅，就会让人想起坐落在上藤路太平巷 32 号的广东会馆，之所以产生这样的联想，是因为会馆与孙中山先生的福州之行有着密切关系。在孙中山先生莅临独立厅的同一天，他又在会馆接见了广东同乡和同盟会福建支会的同志，当晚留宿馆内，第二天下午又从这里乘船往广东。许多年前，曾经去看过广东会馆，它始建于清同治六年（1867），重建于清光绪二年（1876），20 世纪年代末重修。会馆为三进建筑的中国古庙堂式建筑风格，分为前殿、天井、后殿、廊房，看上去规模宏伟、装饰精致。如果仔细观察，建筑的防火墙并不采用福州民居常见的马鞍墙，也不见翘角，而是非常简洁的山峰形的"防火墙"造型。会馆是同乡聚会议事之所。短短九年，从始建到重建，从规模到气派，可看出当时在福州经商的广东商人应当不少。从时间节点来看，鸦片战争后，福州被辟为"五口通商"口岸之一。《烟台山史话》一书记载："据当时的美国领事麦菲报告：1854 年至 1855 年，从福州出口运往美国的茶叶有 5400800 磅，运往其他地区的有 19512800 磅，而同期由广州运往美国的茶叶只有 2561900 磅，运往他处的 16123800 磅。1856 年福州外运的正规口岸，在福州的外国茶商云集，茶叶为福州打开了外贸的新局面。"在福州的广东会馆正是建于福州茶叶贸易繁荣的时期。从地点选择来看，当时，在福州建会馆的不止于广东会馆，但把会馆建在烟台山，洋行云集之处的只有广东会馆、安澜会馆（浙江会馆），这样的选择，应当是方便与外商洋行做生意。

距独立厅不远的地方，有一座西式建筑，这是汇丰银行福州分行的遗址，这座建筑是 1867 年由英国商人所建。我去的时候，大门紧闭着，没法进入其中，只能站在大楼外的草坪眺望。这是一幢白色的二层方正楼宇，看上去是白色楼宇，其实由红砖砌成，抹灰饰面，四周环绕封闭式外廊。汇丰银行是第一家总行设在中国的外国银行，1864 年 8 月在福州设立经理处，次年设立了分行，先经理处后分行，这是当时汇丰银行设立机构的模式，可见当时烟台山的贸易之发达。当时的汇丰银行，不仅经营汇兑、票据贴切、存放款等传统业务，而且还取得发行钞票，承办清政府大量外债和收存关、盐两税的特权。贸易繁荣发达之地，必定也是银行业云集之地。当时的仓前山，除了汇丰银行，还有渣打银行、麦加利银行、东志银行、同昌银行、东亨银行，成了福州的金融中心。如今，这座楼宇被用作仓山区文化馆和非物质文化遗产保护中心。

之后，上了乐群路，往烟台山山顶的公园内去看古烟台。烟台山因烟台而得名，元末（14 世纪初）福州府为加强江防海防，在中洲设置炮台、炮城，在临江的藤山顶设烟墩以报警，烟台山因此而得名。车在乐群路驶着，路的两旁皆是工地，不是很平整。到了山顶，最先去了古烟台。眼前的古烟台，古铜色，烟火台基上有三个圆圆的口，这大概是为便于增加氧气，有助于烟火的形成。台圈上，"古烟台"三字被花草遮掩着，不注意很容易被忽视。我久久注视着这烟台，与见到的由日本摄影家在 20 世纪初拍摄的烽火台完全不同。从照片中可以看出，这烽火台应当由瞭望台和烟火台两个部分组成，视野极其开阔，眼下的烟火台完全不见当年烽火台的影子，缺了作为历史遗物的厚重感，也少了文字介绍。登上遗址边上的瞭望台，这是烟台上的最高处，眼前树木葱郁，远处的一株木棉花开得正艳。据说，这株木棉是 1966 年初在福州学习汽车驾驶的越南人在园内义务种植的，烟台山园名也一度改名为"中越友谊公园"。极目俯视，山下的闽江依稀可见，但是，由于眼前这些树林的遮挡，让人不能一览江天胜景。烟台山可以与中洲岛隔空相望，江与山进行着无言对话。慢慢地走在烟台山公园的小道上，公园正在修整改造，准备于近期开放，重修后的公园绿草茵茵，古榕苍翠，观梅亭、卧琼桥是园中一景，徜徉其间，可感园中静谧。行走其间，总感到有些略显不足美，更希望公园能够成为烟台山历史文化公园，增加些公园的历史韵味，如果能够觅一处，西方建筑按比例展示于游客，让大家于一园之中能够了解那段历史，那就更好了。

走出公园的大门，环顾周边的建筑，多是西式建筑风格。其中乐群楼距离我们最近，这幢楼为二层建筑，据说是福州也是全国最早的西式娱乐建筑，最早的洋人俱乐部。眼前见到的乐群楼墙体剥落，烟熏痕迹明显，屋顶上长着青草，带着一种岁月沧桑感。曾翻阅历史照片，乐群楼抹灰饰面，四周环绕封闭式外廊。楼的中央建造的凸出的楼檐，说是屋檐，其实是二层的凉台。我向随行的同志了解，这乐群路上有多少西式建筑。她想了一会儿说："乐群路全长 800 米，沿路有乐群楼、美丰银行、美国领事馆、闽海关税务司官邸、基督教卫理公会总部、法国领事馆、石厝教堂、美志楼、英华小礼堂、爱国路 2 号等。"听了之后，我想到了三坊七巷，三坊七巷享有"中国里坊制度活化石""明清建筑博物馆"之美誉。而仓前山，坐落着众多的西式建筑，在这里可见西洋古典型、哥特式建筑、券廊式、东欧古典式、维多利亚式、英式风格等多种西方建筑风格，可称得上西方建筑大观园。

从仓前山回来后的一个夜晚，沏上了一壶茶，在灯下静静地看着池志海先生手绘的《仓山老房子探寻之旅》。这是一张"数十次穿行在这片不大的空间里，不断寻找，不断发现，数千张照片，几万步脚印，酷暑里流走的无尽汗水和那大把大把的时间，收集了所有能收集到的文献资料，参考了所有能参考的历史图片，走访了愿和我们细谈的住户，拜访了史学专家及名人后裔"，才换来了您眼前这张看似不起眼却力求精确的地图。我端详这份地图，非常感谢作者的付出，让我能够通过这份地图将仓山老洋房一目了然，既省了许多时间，又利于我将它与三坊七巷以及其他传统古代建筑做一些粗略的比较。

首先是山，乐群路沿坡而上，老洋房顺势建造，直至山顶。

也曾登临于山、乌山、冶山等城内诸山，但那多为观景去，为山上的亭台楼阁而去，为山上的名胜而去。西方建筑依势而建，顺势而建，而中国建筑更讲究土地平整，将房屋建造在平地上，削峰填壑。其次是格局，方块式布局，如三坊七巷，从南后街到从左坊右巷，给人有序的感觉，而仓山老洋房，台树状式地散落着，随性率意。再则是朝向，中国的传统建筑讲究坐南朝北，以更充分地吸纳阳光，而仓山这些老洋房的朝向各不相同，我试图去想解答它的原因，反复琢磨这些楼宇，我估摸，西式建筑多为方型，并有内廊环绕，对楼宇的朝向可能就不那么讲究了。建筑风格的差异，实际上体现的是中西方文化的差异，因为，建筑是文化的一个部分。

建筑承载着历史，仓前山的这些老洋房承载着"五口通商"的一段历史，人们行走其间，可以了解福州的曾经。同时，仓前山的这些老洋房，可以让人体会到中西方建筑的不同风格，相互地取长补短。

仓前山自古以来享有"琼花玉岛"之美誉，老洋房为这座"琼花玉岛"留下了厚重的一笔，烙下一道深厚感情的印迹，烟台山和这些老洋房是值得去看看的地方。

注：本文在写作过程中，参考了福州市政协文史资料委员会编的《烟台山史话》，仓山区政协、仓山区烟台山管委会编的《行

走烟台山》，池志海绘的《仓山老洋房探寻之旅》，李头石译的《福建省全志（1907—1917）》，还有，仓山区烟台山管委会黄新怡主任做了介绍，在此，一并表示衷心感谢。

内河随想

一

有福之州，以城内的河渠众多而著称，据宋梁克家《三山志》载，福州城区和近郊受令开淘的内河有 200 多条，包括未受令开淘的，总数在千条以上。至今，据说仍有 100 多条内河纵横交错，步行用不了十分钟，一定可以见到一条。这座城市，城在山中，山在城中，我以为还可以补上一句：河在城中，城在河中。山是阳刚的，河是柔美的，刚柔相济。岁月滋养了这座城市的性格，刚中有温温中有刚。福州的内河，如城内的山一样，给这座城市添了一道景，增了一秀色。福州人说起内河，很有些自豪。

二

有个问题，总想弄个明白。这内河是如何形成的？自然形成？

人工开凿？抑或二者有之。为了这，专门去了趟福州城区水系联排联调中心，请教那里的专家。福州内河成因有三。其一，从护城河来。这座城市有 2000 年的历史，汉筑冶城，为福州建城之始，冶城筑于冶山周边，四周皆是泽国，今冶山仍存观海亭遗址。其后海水逐渐南退，城市也随着水的南移而南进。晋筑子城，凿东、西湖，引北山诸水入城东、西、南为护城河。唐筑罗城，梁筑夹城，宋筑外城，明筑府城，每一次的建城，都将壕沟整理成护城河，而在扩城中，原有的护城河便成了内河。清林枫《榕城考古略》说："城内之河，萦回缭绕，与大江潮汐通，皆唐宋以来旧城濠故迹也。"；其二，农耕的原因。记得小时候，现在的树兜一带皆是农田；十多年前，金山还是建新乡，可是福州的花果之乡。如今，金山的内河，便是那时灌溉的沟渠，在城市建设中成了内河。更何况，千余年前，城市之外，举止望去，山水源源不断向盆地而流，在田园之中成为溪流。田野辽阔，纵横沟渠，随着潮汐变化，江水在这相汇，顶托涌进盆地，经年累月，也就形成了一些与闽江相通的河岔，如今天我们所见的晋安河、瀛洲河等。其三，城市建设中形成的。注意观察福州的地名，在老地名中，许多带有"洲"字，如螺洲、瀛洲、鳌峰洲等，这洲，便是一块块高地，四周便是沟渠，人们在"洲"上建设，将沟渠连接，形成河道，成了"内河"。

　　以此说来，福州的内河，既有人工的因素，也有大自然的造化，是山与江海送给福州这座城市的礼物，是农耕时代的印迹，是由城外的沟渠向城市的内河演变而来。福州内河的神奇之处，在于自然纳潮与退潮，富有生机与活力。

三

古时，船可通达的地方，往往商贾云集、货物集散，渐渐地形成繁华的集镇，武夷山的下梅村如此，永泰的嵩口如此，宁德的斜滩、廉村也如此。前一个时期，刚刚去了趟宁德的廉村，古码头依着鹅卵石砌起的寨墙，是那样的浑然一体，溪面开阔，仿佛在述说着它曾经的繁华。望着它，我再一次对川流有了更亲近的感情。

福州的内河造就了福州的繁荣。宋代诗人龙昌期《三山即事》写："苍烟巷陌青榕老，白露园林紫蔗甜。百货随潮船入市，千家沽酒户垂帘。"清代梁上国《白马春潮》道："雷鼓匐匐白马驰，观涛旧有广陵期。那知榕海三春景，赛得钱塘八月奇。"读了这些诗，眼帘里仿佛看到了福州内河的繁荣景象和美丽景致。

福州的内河，是江与海向这块盆地、这片田园和这座城市的延伸。内河，除了疏浚排水等功能外，还承担了城市交通的功能。《榕城考古略》说："引南台江潮，由河口凡三十六曲而入。凡百货之由南台船运而入，悉由此入城内河。"无数次地走进三坊七巷，行起于每一座院落，望着那一块块青石板，我在想，这些物资是如何运进来的啊？后来，我想明白了，也更加理解了福州的上下杭为什么能成为商人聚集的地方。在台江那个地方，从闽江和大海而来的货物，都泊在台江码头上，要运进城市的货物，顺着潮涨，沿内河而进到千家万户，而要从城里运出的货物，也抓住潮退时机，将货物运到码头。这三坊七巷从江从海而来的货物，就是这样运进运出的。

其实，潮涨潮落是一种势，潮涨是势，潮落也是势。福州人利用了潮汐的规律，将内河变成交通网。这张网，连着闽江，连着东海，连着大山，连着千家万户。

四

福州的内河，是有情调的。

说起有情调的河，就会说起苏州的秦淮河。迁客骚人留下了许多诗文与画作。然而我以为，福州的内河，在岁月中也不断地培育着自己的情调，如今忆起，心中还溢着温馨。

《榕城景物考》说："唐天复初，为罗城南关，人烟绣错，舟楫云排，两岸酒市歌楼，箫管从柳荫榕叶中出。"这是描述安泰河一段的景物的。从这段文字中，可以体会到内河的情调。

欣赏旧时的照片，在瀛洲河内，用木板盖起的骑楼沿河而建，房桩立于河中。有人说，福州是个纸褙的城市。那是因为房屋多用木板搭盖，冬季时风从木板缝隙中闯入，市民们用报纸等将房屋裱糊了一遍。平日里，用桶吊起内河水擦洗地板。你随便进入哪户市民家中，地板在一次次的刷洗中都有些发白。

夜里的内河,小船悠悠,一闪一闪的灯火,为它添了许多浪漫。内河远处传来的碗与瓢敲击后发出的清脆悦耳的声音和"鱼丸、扁肉燕"的叫卖声穿过夜空,飘进了耳帘。现在想起,那声音犹在耳旁。

曾经漫步于安泰河畔,曾经在沿岸的美人靠上坐着憩息。如今,已不见河上泛舟,而那时,内河是城市的交通要道,不宽的内河,舟船穿梭,木筏往来。坐在美人靠上,重温"荔枝换绛桃"的爱情故事,故事凄美,但也让人体会到爱情的忠贞。"红纱笼竹过斜桥,复观翠飞入斗杓。人在画船犹未睡,满船明月一溪潮。""远树晴烟一望收,柳阴凝立控骅骝。红渠片片流香影,不逐东风到御沟。"内河往往让诗人触景生情,诗兴浓郁,可以在笔底下流淌出美的诗句,而今人,又可以通过这些诗句去领略当时的风情、当时的景象。

五

福州有内河,这内河可以吻江派海,是开放的。

福州是一个盆地,但这块盆地不是封闭的。三面依着山,一面畔着江。福州的内河让这座城与这江海更加融合,更加亲近。

在纵横交错的内河上,旧时人们建造了许多小码头,可以从这里登上小船,直达台江,又可以从闽江顺流逐海而去,溯流向大山而进。台江,就是在这江与海的接点上。在台江码头的对岸的仓前山上,有一片领馆区,那是福州作为"五口通商"口岸的例证之一，也验证的福州的开放。

福州人有走出去的传统，这一点在建筑上已经得到了验证。你只要举目往厅堂梁上望，那根灯杠是置在柱里还是外，就可知道这户人家的事业在哪儿发展。内河，为福州人走出去、引进来提供了便利，也培养了福州人开放包容的情怀。

福州人开眼看世界，不只为了经商，也带回了变革的思想，涵养着海纳百川的情怀。

福州的内河，牵山连江，与大江通，与大海通，与潮汐同振共拍。

六

时光荏苒，境况变化。福州内河在岁月中依旧焕发着它的生机，依旧为这座城市发挥着疏浚的功能，台风侵扰、山洪作祟，内河承载洪水，向江海而去。

科技的进步，城市交通网络的日益完善和发达，内河的交通功能几乎尽失，潮汐变化也已经达不到内河深处，城市人口的聚集，城市污水管制尚不完善，内河水质也在发生变化。福州的内河，曾是这座城市的"污水沟"，污水从各处排入内河，使河边弥漫着臭气。

福州的内河是福州城市的一张名片，这张名片的功用也在发生转型。建设好内河，让内河水更清、河更晏、景更美，让现代城市也富有小桥流水人家的韵味，让内河装扮福州。

　　期待着那一天，福州能够推出内河游，在小舟轻摇中把这座城市览遍，也期待着。那一天，能够从福州内河登上小舟，抵达台江，再从台江登船，去做一日的闽江游，去感受福州追江向海的气势。

　　2018年秋天，晋安河有了游船。2019年6月，晋安河游船增加通向光明港的航线。市民坐着摇橹船，去感受内河的韵味。

前些日子，到福州文化艺术中心看演出。看演出是一回事，其实更想借机欣赏一下被市民广为关注、媒体广泛报道的文化艺术中心建筑。早听人说，文化艺术中心从高空俯瞰，形如茉莉花瓣。也从电视中欣赏到这座建筑，确实给人一种美的享受，心中有着一种走近它、目睹它的冲动。

打开导航，定位文化艺术中心，发现导航跟不上福州的发展变化。导航给出的路线还是过鼓山大桥走南台岛的江滨大道，应当说，如果去年往文化艺术中心，这确是一条便捷的道路。2019年新年伊始，"三江口大桥"建成开通，成了三环路通往文化艺术中心最便捷的道路。三环路上，车水马龙、川流不息，望着窗外，楼宇林立，心里感慨，这座城市随岁月变得越来越大了。记得20世纪80年代，福州有了二环路，仅过十年，便有了三环路，环绕一圈约50公里，闽江从城区与城外的分界线变为横穿城区的一条河流。今年的1月，又一次从台江码头登船夜游闽江，两岸灯火璀璨，尤其是台江边上金融区玻璃幕墙的灯光秀，给我留下极其深刻的印象。不止一次夜游闽江，每一次的夜游都会有新的感受，两岸的楼愈加多了，灯愈发亮了，越来越让人感到透着浓郁的现代气息。从江中的渔火到两岸的灯火，闽江没了"疍民"，不见了连家船，不见了轮渡穿梭往返两岸的景观，少了"孤舟蓑笠翁，独钓寒江雪"的那种意境，多了华灯映江、水光十色、鸥鸟与笛声共飞的那番韵致。记得那天晚上，江风略带寒冷，但我还是伫立在游船甲板上，仰望天上星星，我突然意识到，除了两岸灯光闪烁，还有横亘江中的"彩虹"。这彩虹，便是桥。在闽江游的游程中，有鼓山大桥、鳌峰洲大桥、闽江大桥、解放大桥，三县州大桥、尤溪州大桥、金山大桥、洪山桥等。这些桥造型各异，其中有些斜拉式的，根根绳索如琴弦，仿佛伴着水流，弹奏着属于这座城市的乐曲。

曾经读过省档案馆编辑的《似水流年——外国摄影家眼中的闽江与福州》一书，其中有一幅20世纪20年代日本人岛崎俊治拍摄的《远眺福州》，照片下的文字是这样写的："福州坐落在南北宽约25公里的盆地，四周被盆地所环抱，距闽江入海口五六十公里，闽江穿过城市的南部，万寿桥与洪山桥连接着南北两岸。"这些文字，清楚地告诉我们，那时，闽江在福州段只有万寿桥和洪山桥连接南北两岸。

查过有关资料，万寿桥的前身是一座浮桥，宋元祐八年（1093），知州王祖道在楞严洲，也就是今天的台江搭了两座浮桥，用木船120只，上架木板，宽1.1丈。宋崇宁二年（1103），重修台江至仓山间浮桥3座，共用船102只。元大德七年（1303），僧人王法助奉旨募资造万奉桥，到至治二年（1322），万寿桥才竣工。全长389米的万寿桥设36孔，桥身结构坚固雄伟，造型优美。为纪念王法助造桥功绩，以其所在的寺院"万寿寺"命名为"万寿桥"。万寿桥完工不久，江南桥依照万寿桥施工方法建造。民国十九年（1930）万寿桥和江南桥同时改建，拆掉原桥板和桥栏，浇钢混凝土桥面，桥栏亦为钢筋混凝土。福州解放时，万寿桥改称解放大桥。1971年，解放大桥进行了一次较大规模的改造。我看了改造后的解放大桥的照片，桥的平面像一弯新月，结构上集元代石桥墩、民国时期钢筋混凝土桥梁板、现代双曲应力混凝土联拱桥，古今结合并用。造型上则因地制宜，有拱式、撑梁式，形成桥联桥、桥上架桥的独特风景。20世纪90年代，解放大桥又进行了一次重修，夜晚灯光绽放，状如"彩虹"。

闽江上的第二座桥便是洪山桥。这桥建于明万历六年（1578），全长394.5米，石梁木桥面，桥墩外围砌筑条石，中间填充碎石。因山洪暴涨时江流湍急，且木桥面易燃，曾多次毁于水火，屡毁屡建，清乾隆三十七年（1772）、清嘉庆年间和民国初年都曾重修。1953年，利用旧桥墩，把桥面改为钢筋混凝土，全宽5米。虽经多次重修、修葺，但是桥面狭窄，交通经常阻塞，桥面标高低，每逢洪水须停车停人。1981 年，在古桥上游的 150 米处建了新桥，古桥成了历史。今天走在洪山桥上，可以看到，几座桥墩孤寂地立在江中，桥墩上芦苇随江风轻摇。望着孤寂的桥墩我想，任何一个遗址，都曾有过它的繁荣，孤寂的桥墩，烙下了车水马龙的印迹。

曾几何时，闽江成为福州城市发展的一条"界线"。福州要发展、城区要扩大，必须跨过闽江，进入闽江时代。20 世纪 70 年代，闽江上有了第三座大桥：闽江大桥。桥建成后，在仓山区设立了收费站，凡从城区往仓山的、上机场的，走福厦路的，都要缴"过路费"。有桥却多了个收费站，从一个侧面看出当时的财力之不足，也影响了仓山的发展，人们呼吁取消收费站，政府倾听企业和百姓心声，收费站最终得以移除。

跨过闽江，首先是建设金山。20 世纪末，具有花卉之乡的建新镇成立金山新城和金山工业园区。新区在南岸、老城在北岸，金山大桥、尤溪州大桥、三县洲大桥横跨江面，连接老城新区。后来，福州先后建起了二环路、三环路，在闽江上又建起了魁岐大桥、淮安大桥等多座大桥。这仅仅是公路大桥，还有多座铁路桥。可以这样说，闽江上如果没有桥，便没有今天我们所见到的二环、三环，也没有高速公路、高速铁路。

南台岛的开发从金山开始，也可以说是从岛的中部开始，向两端延伸。岛的起端是淮安头，闽江从上游的武夷山脉发源，淮安头将它们分为闽江和乌龙江,之后又在马尾形成"三江"汇流。三江口的开发,意味着南台岛进入了全岛开发时期。文化艺术中心建成后,一桥飞架,拉近了福州城区与三江口的距离。我站在三江口,远瞰江面,江天辽阔,三江口大桥横跨江面,它与文化艺术中心相得益彰,成为三江口片区的标志性建筑。这座大桥创造了通航主跨采用跨度240米的变截面连续箱梁结构,全桥安装了8个承载力分别为13000吨的摩擦摆支座(起承重作用的连接构件),联长795米,主跨钢箱梁(重达1200吨)采用液压千斤顶整体提升吊装方式,创造了当时的三个全国之最。市民赞叹它"大气开阔、舒适畅通"。望着这座桥,想起了万寿桥,两桥相较,不是福州桥梁史的写照吗?

老话说:逢山开路,遇水搭桥。这话,在今天似乎有些不太准确了,现在是逢山凿洞,即使是水,除了建桥也可凿洞过江。地面有桥,地下有洞,这洞,便是地铁,福州地铁一号线、二号线都跨过了闽江,谁可以想象,当你乘地铁过江时,江就在你的头顶。

桥不只连接了南台岛,还连接了琅岐岛。琅岐闽江大桥的建成,标志着福州的城市版图从地理上迈入江海,向滨江滨海现代化大都市又迈进了一步。20世纪90年代初期,我曾参加琅岐岛的围海造地,早晨从台江码头登船,顺流而下,在琅岐码头登岸,归来时轮渡过江,再从官头登岸返回。2014年,一条主桥长1160米、宽约28.2米、造型美观的双塔(等高)斜拉桥连接闽江两岸。在当时，它是福建省桥梁中主跨度最大的大桥，也是主跨度最大的世界前十大斜拉桥之一。有了桥，岛不再是孤岛；有了桥，琅岐由封闭变得开放，由闭塞变得通畅；有了桥，使得福州主城区与琅岐距离更短，凸显琅岐在闽江口的区位优势，为琅岐的国际旅游岛的建设奠定了坚实基础。眼下，福州正在建设园中互通，将来从园中互通开凿一条隧道连接琅岐闽江大桥，城区与琅岐的距离更短。晨阳斜映，映在江面，映着大桥，大桥横跨江面，是那样的静谧。

桥，助力福州进入闽江时代，闽江有桥，助推了福州"跨过闽江，进而跨过乌龙江时代"。20世纪的70年代，乌龙江上有了第一座大桥"乌龙江大桥"，结束了福州往厦门的车需要轮渡的历史，之后又建起了洪塘大桥。进入新世纪，先后建设了湾边大桥、螺洲大桥……福州，跨闽江，过乌龙江，面江向海，东扩南进，建设海上福州。桥，改变了这座城市面貌，提升了这座城市的品质。

福州的桥，福州的一道亮丽风景，福州发展进程中的一道缩影。我数着横亘闽江的道道"彩虹"，心中进行着这样一番比较：

福州自公元前202年建立冶城至20世纪50年代，闽江福州段仅有两座大桥连接南岸的南台岛。自此而后，70年间，重建解放大桥、洪山桥，闽江上桥梁已经有了10多座。2000余年与70年比较，是一种怎样的巨大差别，然而2座与10多座，又是一种怎样的差别。这种差别，不正是建国70年福州发展最有力的说明吗？

　　望着闽江上一座桥，我想起了人的筋络。有句广告语这样写道："不通则痛，痛则不通。"桥便是城市脉络的重要节点，也往往是城市交通的痛点，打通节点、消除重点，便要有桥，或是更多便捷的过江通道，诸如过江隧道。

　　横亘闽江的道道"彩虹"，装点着这座城市的亮丽，让我对这座城市有了更多的憧憬，更多的梦想。

　　"彩虹"飞架，跨江向海。

鼓岭，在这里

一位曾经在鼓岭生活了 10 年的美国物理学家密尔顿·加德纳一生念着鼓岭，在临终时望着小时带回的脱胎花瓶，念念叨叨着 kuliang，他的妻子不知丈夫所说的 Kuliang 在什么地方，为了实现丈夫魂牵梦萦的心愿，她多次到中国寻访，不断询问：kuliang（鼓岭）在哪里？后来，在当时的中国留学生刘钟翰的帮助下，通过媒体寻找。习近平总书记在福州任市委书记期间看到这一报道后，立即请有关部门与加德纳夫人联系，邀她前来，解开了她久藏于心的答案：kuliang（鼓岭）在福州。

2012 年 2 月 15 日，习近平总书记出席美国友好团体欢迎午宴时，动情地讲述了 20 年前他帮助一对美国夫妇寻访中国故地的故事，令在场的中外嘉宾和媒体记者既倍感亲切又深受感动。习近平总书记讲述"鼓岭故事"，让人们的目光聚焦鼓岭，"藏在深山人未识"的鼓岭因此吸引了世人的目光。

金秋的一天，我又一次上了鼓岭。

一

从今天的眼光看鼓岭，鼓岭就在城市边上，是福州的一处度假胜地，夏日时，具有火炉之称的福州酷热难耐，这座城里的人，就会从城里的各处驱车或是坐上通往度假区的公交车，几十分钟时间，就可到达鼓岭的中心区宜夏村，那儿的气温较福州城里低了好几摄氏度，人们在这里沐浴清风，观赏景色，品着那儿生长的绿茶，住进中西建筑交融的民居。

那天，我是从鼓山脚下的下院上鼓岭的，山脚下有一座石牌坊，上书"鼓山"二字，算是鼓山的山门，也是进入鼓山的标志。从这里上鼓岭，必须先经过涌泉寺。这座千年禅院，是八闽首刹，我曾多次造访：穿行石塔甬道，聆听梵音回荡，品味摩崖石雕，观赏千年铁树，吟诵楹联佳句，领略"进山不见寺、入寺不见山"的优美环境，感受宝殿的金碧辉煌，香客信众的虔诚，体会佛教文化。此行的目的是上鼓岭，所以，车与涌泉寺擦肩而过，沿着弯弯曲曲的道路盘山而上。

在路上有一处观景台，是近年来新建的。静静地坐于亭中，环顾群山，重峦叠嶂，一片青翠，又见芦花飘摇，摇曳多姿。我曾经在一日中的不同时间站在这里，晨时，天际空灵，可以俯瞰闽江、乌龙江、马江"三江"汇合之美景，感受清风徐徐吹来之惬意，倘若云雾缭绕，远处的群山云遮雾绕，有如仙境。黄昏时，在这里静静地看着太阳落山，圆圆的太阳慢慢地没于大山，成为半圆，直至完全消失于大山，天边一片嫣红。雨落时，静静听着细雨，看着银丝，别有一番意境。这一次，又是黄昏时节，能见度极好，我静静地望着远处的三江口，金光粼粼，表现出黄昏的静谧。有几位游人在亭子中铺开垫子，席地而坐，一边吃着带来的食品，一边伴着音乐唱着歌，一边欣赏着落日余晖，其乐融融。我身后依着的这座大山就是鼓岭，位于福州东郊双鼓横断山脉，最高海拔998米，海风、江风顺着这条风道徐徐吹来。这横断山脉，雄踞于东海之滨，有如一道天然屏障，将风留在了岭之上，造就了与福州城里的温差。盛夏时，福州的气温已经逼近40摄氏度，这山岭的气温只有30摄氏度左右，人们形象地说"昼省扇、夜盖棉"。很早的时候，鼓岭就赢得了"东南小庐山"的美誉，与江西庐山的牯岭、浙江的莫干山、河南鸡公山齐名，被西方并称为"中国四大避暑胜地"。

沐浴清风，凑了两句：

一岭依身后惠风和畅，三江收眼底气象欣荣。

二

鼓岭的知名度，与这里曾经有许多外国人来度假有关。100多年前，你在世界各地往鼓岭邮一封信件，不用写详细的地址，只要写上"中国鼓岭"，就可以通达。当时的鼓岭邮局，是中国早期五大著名夏季邮局之一。我看了一本由日本东亚同文会编纂的《福建省全志（1907—1917）》，当时的鼓岭邮局是二等局（同列为二等局的共有 56 个），在这里可以代办汇款业务。夏季时，在鼓岭还设有电信局，当时福建全省设电信局的只有 19 个，可见鼓岭当时的开放度是很高的。"因为邮局的存在，许多西人在山上度过快乐时光的时候，将之与世界各地的亲友分享感受"，这大概也是鼓岭在当时享有较高的美誉度的原因吧！

此番上鼓岭的目的，就是想看看外国人在鼓岭度假留下的遗迹。100 多前，没有车，没有公路，那些洋人是如何上这鼓岭来度假的呢？我找了一位当地的百姓，请教洋人当时如何上山的，老人只是指着一条小道不言语。这是条铺石已磨成光滑的崎岖的小路，从山下的田野通向村庄，望着这条古道，眼帘中仿佛看到从山下乘轿而上的外国人，轿子后边跟着几个孩子。美国传教士柯志仁的儿子在《中国沿海家庭》一书中描述了他是如何从福清到鼓岭度假的："当时住在福清的柯家要到鼓岭则更费劲一些，沿路需要有一大班人马，单单帮忙运送被褥、锅碗瓢盆等生活用品的苦力就要 10 个。从福清到福州城以后，便乘上黄包车沿着马道一直到鼓岭山下，那时候随从早已安排好苦力们等着带孩子们上山。"书中还回忆："柯家上山走的是有很长历史的石道，石道上每隔一定的脚程便有一处茶房供给路人休息。"度假结束了，"要背向坐在轿子上，苦力们扛着轿子跑下山，每次苦力们在峭壁上来一个急转弯时候非常惊心动魄，但每一次都是安然无恙并且准确无误"。《家园》第 77 期刊登一幅照片，照片的主角是美国人裨益知，曾任鼓岭联盟会理事长、榕城格致书院校长、基督教青年会总干事、福建协和大学董事会董事长等职。照片中，他步行上山，身后是挑行李的苦力。照片有一个注解："当年许多抬轿子都是鼓岭农人，所以农忙季节轿子就少了。"看着这张照片，我琢磨着，夏秋两季，运送上鼓岭度假的外国人，运输各种生活用品，应该是宜夏村百姓的支柱产业。

郁达夫在他的《闽游滴沥之四》写道："二三十年前，有一位住省城内的美国医生，在盛夏的正中，被请去连江县诊视急病，自闽侯去连江的便道，以翻这一条岭去为最近。那一个病人，被诊治之后，究竟痊愈了没有，倒已无从稽考；但这一条鼓岭，却被那一位医生诊断得可以避暑，先来造屋，现在竟发达到了有三四百号洋楼小筑的特殊区域了。"我翻阅了一些资料发现，郁达夫先生描述的鼓岭被发现与其他书籍的描述大体一致，但是时间上却有差异，郁达夫这篇文章写于 1936 年，如果是二三十年前，那鼓岭被发现应该是在 20 世纪初，但是，《家园》杂志有一段这样的记载："1885 年，美国医生伍丁夏日经过发现了这里清爽怡人的气候，从此鼓岭便与其他乡村有了不同，1886 年，英国驻马尾领事馆馆医领任尼先生修建了第一座避暑别墅，在以后的几十年里成为当时在福州生活的外国人的避暑之地。"这说明了鼓岭的发现是在 19 世纪的后半叶。美国传教士毕腓力曾著《鼓岭及其四周概况》，他于 1885 年来到中国，1913 年病逝于福州，葬于鼓浪屿。这位老先生常年在厦门传教，是当年厦门教会所办的寻源书院的校长。他在 1907 年重新修订了《鼓岭及其四周概况》，是这样介绍鼓岭的："近年来福州、厦门、汕头等沿海港口的外国人来此躲避平原地形上盛夏难耐的高温。外国传教士和商人们在山上建了 100 多座房子，每年夏季有超过 250 人来到这个愉悦的清凉胜地，在高海拔的山头人们变得神清气爽且神采奕奕。"从毕腓力的描述中可以看出，那时上鼓岭度假的人，不只是生活在福州，还包括生活在厦门、汕头等沿海各地；特别是闽江流域的闽清、古田、邵武等地的外国人，他们每到夏天多汇聚鼓岭避暑度假、商贸洽谈、参加文体活动等。我有时在想，这些外国人每年夏日到鼓岭度假，不只是单纯的度假，而是在放松身心中互相交流沟通。

鼓岭之所以能够成为度假区，之所以有众多的外国人，源于福州的开放度。福州是"五口通商"的口岸之一，一些国家在福州设立领事机构，在这里经商，台江对面的烟台山是当时领事馆的聚集区，也是外国人居住集中的地方。《福建省全志（1907—1917）》介绍说："在福州的外国人，杂居于闽江南岸仓前山泛船浦一带，外国领事馆也集中在此地。据 1916 年末的调查，外国人开办的商店有 181 间，在福州居住的人数有 1421 人。他们在福州从事各行各业，英国和美国人多数是传教士和学校教师，德国人是商人和海关官吏，法国人主要是官吏和传教士，西班牙人全部是传教士，而日本人多是经商。"当时，"福州的炎热是令西人生畏的，每年都有许多人因高温而病故。南台岛的墓园里每年夏天都有不少新墓碑，孩童尤多。"所以，每年夏季，又正是学校放假时间，他们选择了携家带口上鼓岭度过炎炎夏日，这大概也是在鼓岭建别墅大多是西方人的缘故。看来，这高温不是今日形成，100 多年前福州的夏季就已是高温难耐。因为这高温，才让鼓岭成为外国人夏日避暑的胜地。

我在鼓岭探访一幢幢外国人建造的别墅，发现大多都在柳杉的遮掩之下。《鼓岭史话》中有一篇《柳杉树旁多别墅》写道："在英国医生任尼的宜夏别墅边，一排高大的柳杉树高耸入云，见证着第一座外国别墅的悠久年头。人们看到在闽海关税务司李毕丽别墅、恒会督别墅、傅家别墅、郑家别墅，边也都长着郁郁葱葱的高大的柳杉树。更让人惊奇的，是人们还发现在许多已经消失的外国人别墅边，现在都保留着十分粗壮和茂盛的柳杉树。有关资料统计：在鼓岭现有 100 多株百年以上树龄的柳杉树均是在过去外国人居住的别墅区里"。我一边观赏着一幢幢别墅，一边欣赏沐浴着清风浓雾的柳杉，柳杉将松之苍劲，杉之挺拔，柳之柔丽，竹之青翠，柏之翠绿集于一树，当地居民视它为风水树，外国人眼里将它看为风景树。同是柳杉树，折射出西人和当地百姓的不同文化信仰，也许，这就是文化差异吧！

三

如果从 1886 年被外国人发现算起至 1951 年，鼓岭作为外国人的度假胜地也有半个多世纪了。虽然只是在每年的夏季到鼓岭，短短的三个多月，在半个多世纪的交融中，渐渐地产生了具有地域特色的鼓岭文化。

美国友人加德纳先生从 10 个月大到 10 周岁，随父母在鼓岭度过了整整十年的"百日时光"。人们都说，年纪大了，眼前的事可能容易忘记，而年轻的事情却能够清晰地浮现于眼前。"少小离家老大回，乡音未改鬓毛衰"，之所以如此，是一种情结，那个从鼓岭带回去的脱胎漆器花瓶成了一个"引子"，睹物思情，在他临终时，还念叨着"kuliang、kuliang"，从中让我们感受到文化的魅力。

鼓岭，在半个多世纪的岁月中，渐生出了鼓岭文化，这种文化，是中国文化与西方文化相互融合、相互包容的文化。

我从柳杉王公园出发，沿着鹅卵石和碎石块铺就的小道，渐次去探访外国人留下的一些建筑遗迹，最先去的是宜夏别墅，那里如今已经被辟为鼓岭历史文化展览馆，通过墙上一帧帧从各处收集翻拍放的大照片，很好地再现了西方人在鼓岭度假的生活情景。这些图片，有的我在《家园》杂志上看过，让我印象深刻，其中一幅是人们做完礼拜走出教堂的情景，女子一袭白色礼服，撑着伞，透着浓浓的西方风韵。这座教堂，因山势而建，远看就如山的一个组成部分，没有我们惯常所见的楼顶之上高耸的十字架，如果不介绍，很难想象这是一处教堂，更像我们常看到的砖窑。到鼓山来度假的，"最多的是美国人，差不多每年有100多人，其次是英国人，平均每年有近100人"，正如前面所说的，英美多是传教士和学校教师，在这里建设一座教堂是自然的。照片中的教堂与我这次看到的教堂不一样，现在看到的教堂完全呈现出教堂的式样，是2002年修建的新教堂，这也说明，1951年外国人全部离开后，西方宗教已渐渐渗透于百姓的生活之中。我在鼓岭的小道上，随便问了几个村民，有相当部分的居民有西洋教信仰。福州人习惯称西洋教为"混教"，意为外国人在这里开辟避暑区后，鼓岭呈现出本土教与西洋教共存的局面。在鼓岭这个人杰地灵、名人荟萃、万众朝圣的山头，除了数量众多的摩崖题刻、千年古刹、十八景八仙洞等传统的儒释道文化，还增加了基督教等的西洋文化，中外信仰相互尊重，友好相处，中西文化相互交融。

从宜夏别墅出来，继续沿着小道，顺着路标前往公益社。这是一座用青石砌成的一层楼房，占地面积比较大。楼房前是比较空旷的广场，每一块青石方方正正。我突然想起，这一路上看到的别墅，全是用青石砌成的，原因有三：一是就地取材，鼓岭这地方多石头；二是能够抗台风，福州夏季多台风，鼓岭这地方每年都会有多个台风袭扰，用石块砌成的建筑最能抵抗台风；三是沿袭西式风格，在青石块的墙面镶嵌白色的百叶窗。这样的建筑风格慢慢地被当地百姓所接受，在许多的民宅中都可以看到这类百叶窗。走进楼的内部，里面设有歌舞厅、化妆室、更衣室等房间。《鼓岭及四周概况》介绍说，早在 1887 年，外国人就在鼓岭成立了"鼓岭联盟会"，也称"万国公益社"，每个人只要交 50 美分即可入会。公益社应该说是外国人到鼓岭度假的服务机构，他们举行欢迎会，让大家彼此认识，还举办舞会、宴会、讲演等娱乐活动。公益社还扮演着"中介"的作用，"游人欲租赁房屋，可托社中代觅。欲雇筧下山或挑夫等，邮件之代收、球类之代借用，皆为公益社之义务"。这个公益社，还是外国人联系当地村民的桥梁，当地百姓有谁愿意把房屋出租，到公益社登个记，之后的事就交给公益社去办。从公益社的边门走出，这里的视野极其开阔，可以望见山野，满坡开着芦花。

走出公益社，我们就去了游泳池参观。游泳池在一条小道旁，建得很有特色，由浅渐深，长约 15 米，宽约 10 米，最深处约 2 米。游泳池的水引自山顶的泉水，清澈见底。在游泳池旁，还依势建造了一个小石屋，在这里，游泳之余，可以品茗，悠闲地享受生活。在鼓岭，还建有 3 个网球场，每天下午，就有不少度假的外国人在这里打网球，当地的孩子会帮助捡球，每次能有 1 毛钱的收入。

在鼓岭，每年都举办一场网球赛，凡是在山上的各国人士，不论国籍、不论阶层，皆可以参加比赛。

长达半个多世纪的时间里，来这里度假的外国人，把西方的文化带到了鼓岭，在他们的心底也蕴藏着深深的鼓岭情结："在离开鼓岭之后，许多西人都曾经在改革开放以后回来探访，那些当年在鼓岭度过美好童年的孩子，他们有的想探索童年的记忆，也有的是遵循父母的遗愿而来。"据当地人说："甚至有一个金发碧眼的外国太太还能讲一口流利的福州话。"福州话，成了他们的"乡音"。在加德纳日后的几十年时间，一直保持吃大米粥、白萝卜的习惯。

鼓岭这片大山陶冶着、吸引着西方人，编织着他们的鼓岭情绪。他们也把外来文化融入这片大山。万国公益社有一个"救济旅"，在鼓岭的三宝埕和梁厝创办学校和侨民医院，在学校里学生免费学习，中外共读。看过一幅照片，当时的美国领事葛尔顿在鼓岭办五十寿宴时，其中有相当一部分人是葛尔顿领事邀请来的邻居，从中可以看出，来鼓岭度假的西方人与当地百姓关系处得还是融洽的。《家园》第 77 期采访了一些与这些外国人有过接触的当地百姓，他们普遍对这些西方人怀有好感，认为"他们心很好"，"他们给鼓岭带来了很多东西，但是现在留下的不太多"，有的说："几个走出去的人，都是受过番仔学校教育的。"虽然在鼓岭 300 多所西方人的别墅多已不见了踪影，但是埋在心底的情结，挥之不去，抹之不掉，甚至在日后人们提及时，会感到弥足珍贵。

四

从别墅出来，又走马观花地看了一些自然景观和一些历史遗迹。这些地方有牛头崖、牛头寨、古城墙等，鼓岭真是有不少名胜。

明代时，兵部右侍郎有一篇《游白云洞记》中写道："予每念生居闽土，有境如是，不一登眺，几枉此生。"著名作家郁达夫先生在他的《闽游滴沥之四》是这样描述鼓岭的："鼓岭的外观，同一般的山中避暑地的情形，也并无多大的不同。你若是曾经到过莫干山、鸡公山一带去过夏的人，那见到鼓岭，也不会惊奇，不会赞美，只会得到一种避暑地中间的小家碧玉的感想；可是这小家碧玉的无暴发户气，却正是鼓岭唯一迷人之处。"庐隐女士在她的作品《房东》中这样描写她所见到的鼓岭景致："这所房子的对面，峙立着无数的山峦。当晨曦窥云的时候，我们睡在床上，可以看见万道霞光从山背后冉冉而升，跟着雾散云开，露出艳丽的阳光，再加上晨气清凉，稍带冷意的微风，吹着我们不曾掠梳的散发，真有些感觉到环境的松软，虽然比不上列子御风那样飘逸。至于月夜。那就更说不上来的好了。月光本来是淡青色，再映上碧绿的山景，另是一种翠润的色彩，使人目怡神飞。我们为了他们的倩丽往往更深不眠。"

心里琢磨着，每年夏季时，西方人都盼望上山度假，不只是这里的凉爽，还有这里"小家碧玉"的景致，亮丽的让人"更深不眠"。他们在夏季，一边度假，一边欣赏鼓岭的各处风光。美国传教士柯志仁每年在度假时，都喜欢带着儿子柯约翰去观察山上的鸟类，他与柯约翰合著了《华南鸟类》一书，配有好看的插图。柯约翰在 1953 年出版了《中国沿海家庭》，其中有个章节，详细记录了他少年时期家人在鼓岭的生活。

五

时近黄昏，开始下山，没有从原路返回，而是选择了往鳝溪的下山路。这条路是到鼓岭游玩的人较普遍的选择，因为它的路程最短，只有 10 多公里，而从鼓山走，路程有 20 多公里，若从宦溪走，路程则更长些。这条山路，弯多且陡，但是它的视野极好，可以在一些弯道上俯瞰福州城，虽然不能将整座城市尽收眼底，但可多角度领略这座城市的风光。车到了山下，看到了路旁有一处标志，上有著名书法家欧阳中石先生书写的"中国鼓岭"四个字，古朴浑厚、苍劲有力，体现出大家的风范。如果从这条路上山，那么，这个标志算是鼓岭山门了。

当我这篇文章的写作将要结束时，清晨打开电脑，看到了这样的一则信息：国家旅游局近日在官网公示了新一批 10 个国家级旅游度假区名单，福州市鼓岭旅游度假区榜上有名，是福建省此次唯一入选地。我看到这一消息，兴奋之时也在思考：一个真正的旅游度假区的上榜成功,除了度假区的品质打造,还与这座城市的开放度相关联。18世纪,鼓岭能够有众多西方人在这里度假,关键是福州当时作为"五口通商"的口岸之一,有着极高的开放度,查了相关资料,在清末民国时期,福州就名列"国际化大都市·中国十大都市"之一,那时的鼓岭度假区,用今天的话说,其美誉度是世界级的。

福州是"海上丝绸之路"的起点,是郑和下西洋的起锚地,历史上的福州开放度极高,在20世纪90年代,福州就提出建设现代化国际城市,福州人承载着建设国际化都市的梦想,随着"一带一路"的战略引领,福州正迎来新的契机,人们也期待鼓岭重新焕发出新的生机与活力。

鼓岭故事在续写着,我仿佛听到鼓岭的声音:把目光看过来,鼓岭,在这里。

（注:本文得到了福州鼓岭度假区管委会江敬挺同志的悉心指正,深表谢意。写作中参考了《福建省全志（1907—1917）》《鼓岭史话》《鼓岭印象》《家园第77期》等书籍）

马尾，吻江派海

　　马尾是个沿海城市，在福州几个城区中，马尾离海最近。秋日的一天，又一次去了趟马尾，登上罗星塔，一睹三江汇聚后的辽阔，观了福建船政博物馆……一种因海而生、因海而兴的感觉油然而生。如果不说海，就无法说马尾，吾以为讲中国向海、拓海的事业，马尾不能缺。

　　站在马尾的区划图前，仔细地观察马尾的位置，你会发现，马尾不似连江、长乐、罗源等县城位居海边，可直接听到海的涛声，看到海的潮涌，马尾处于江海的交汇处，除了琅岐岛的东面靠海，大部分区域并不靠海，而是依着闽江，闽江水一路奔腾，在福州淮安头分为两支——一支依旧叫闽江，一支叫乌龙江，两江相聚马尾，名为马江，三江汇合地，也就是人们常说的三江口。马尾，牵江边海，溯江而上，便是台江，再往上溯，可达闽北山区，福建的腹地；顺流而下，出亭江、琯头，经金刚腿、五虎礁，可至台湾海峡。

《马尾区志》上说,马尾居闽江下游,浮礁若马,礁西为马渎洲,礁东为马头江,旧镇中岐位于马之尾部,故名。

马尾,闽江入海口,吻江派海之地。

一

科学技术的发展,卫星导航已经替代了在江海上飘浮的航标灯,如今的许多年轻人,已经不知道什么叫航标灯了。在我的记忆中,闽江上飘浮着许多航标灯,黑夜中,航标灯起到了向导作用。记得在小学课本中,专门有一篇讲的是孤岛守护航标灯的故事,让我感动。航标灯是船的眼,少了它,轮船就会迷失方向。

在马尾,就有这样一座航标灯,它坐落罗星山上(准确地说,是罗星岛上),依着闽江。这座航标以塔的形式存在,人称"罗星塔",享有"中国塔"之美誉。从青洲大桥远眺,与周边的高楼比照,罗星山显得低矮,罗星塔也不是那么起眼。我费了一些劲,在"水泥丛林"之间去寻找它的位置。曾经欣赏过美国摄影家西德尼·戴维·甘博1918年拍摄的罗星山与罗星塔照片,可以发现,罗星山四周江水环绕,罗星塔矗立罗星山巅,以天际为背景,有一种砥柱海天之势。塔下,一些西式建筑沿山脚而建。从照片中可以看出,这罗星山原本是马江中的一座岛,后来,人们才将之填成了与城一体的半岛。

罗星塔是闽江门户标志,在国际上享有很高的知名度,世界邮政地名称其为"塔锚地"（Pagoda Anchorage），"五口通商"后，大量外国船环绕罗星岛。1866年清政府兴办船政后，大量洋教师、洋工匠来到马尾。作为支撑船政的社会系统，清政府在马尾设立了塔锚地邮局。100多年前，从世界各地邮到马尾的信，只要写上"中国塔"就可寄达。据说，那时候外国船舶到福州马尾外海远远便可望见罗星塔，人们欢呼道："China Tower（中国塔）。"如今，罗星塔已经不再发挥导航的作用，但仰望罗星塔，心，还是有些激动。罗星塔，曾经引导多少舰船由海而入闽江。罗星塔，既是为海而立，也是为江而立。

站在罗星山上眺望江面，江是那样的辽阔，那样的湛蓝，那样的宁静，不时有些轮船长笛鸣响，打破了江面的寂静。这声长鸣，仿佛在警醒。1884年，在这江面上曾经发生过一场以福建水师失败而告终的战争，据史料记载，共有736名官兵英勇殉国。如今，在马尾建有昭忠祠，人们在这里凭吊为国捐躯的英烈。望着江面，我体会着先人留下的"敌船入，阵云集；战书来，星火急""彼军突起环而攻，炮火轰击雷霆冲"等诗句，脑海里琢磨着这场发生在江面上的战争，为何称之为"马江海战"。海战是"海军兵力在海洋进行的战役和战斗"。查询了一下史称海战的历史事件，如：甲午海战，是发生在黄海上的一场战争；西沙海战，是发生在南海的战争。把这场发生在闽江上的战争冠之以海战，或许是因为这里是海的延伸，可以把它看作是一道海湾、一个海澳，又或许它是福建的军港，驻扎着福建水师，是一场争夺海权的战争，是一场两国海军间的战争。陈公远先生写道："抗法血雨腥风，掀涛咽恨，当日悲歌匦。"

马尾，驻守着中国海军；马尾，守护着中国海疆。

二

从严格意义上说，中国船政博物馆的建成要早于福州三坊七巷的全面修复。当我走进三坊七巷，都会萌发走进福建船政博物馆的愿望，大凡与到过三坊七巷的人聊天，得知他还未到过船政博物馆时，我都会建议：去看看船政博物馆吧！我一直认为，要深入了解船政，就应当了解三坊七巷，要读懂三坊七巷，就应当去看看福建船政，二者之间，有着千丝万缕的联系。因为，福建船政的一些杰出人物居住在三坊七巷（包括朱子坊），那里有首任总理船政大臣沈葆桢的故居，有从船政学堂选送留学而成为近代启蒙思想家的严复的故居，有众多船政人物的故居。

我又一次走进中国船政博物馆，参观了馆内的图片和实物模型。这些年来，马尾区委、区政府高度重视船政文化的建设，尽力恢复福建船政的历史风貌，如船政衙门、船政学堂等。望着这些"人去楼空"的建筑，总会让人睹物思人、睹物思事。每一次参观博物馆，都会让人感慨万千。它是清政府第一次大规模向海而进的生动写照，福建船政被冠以诸多发祥地的称号——中国近代教育的发祥地、中国船政教育的发祥地、中国船政工业的发祥地、中国海军的发祥地，还有，中国的第一艘巡洋舰从这里下水，第一架水上飞机从这里飞上蓝天。

"发祥地"和"第一"，足以奠定马尾在中国近代教育和中国船政上的位置。李鸿章曾说"闽堂开风气之先"，福建船政开启了中国"三千年未有之大变局"。

"窃惟东南大利，在水而不在陆。"非常感念左宗棠，提出了"如虑船厂择地之难，则福建海口罗星塔一带，开漕浚渠，水清土实，为粤、浙、江苏所无……是船厂固其地也"的奏请。左宗棠在同治五年的《试造轮船先陈大概情形折》，让马尾这个闽江海口获得了历史机遇。他的《派重臣总理船政折》，让沈葆桢担起了这一历史重任。之后一系列有关船政之奏折，则为福建船政的建设打下了很好的基础。

沈葆桢，没有辜负左宗棠的期望，呕心沥血数载办船政。

我行走于重修后的福建船政的旧址，仔细地体会船政的含义，在那个年代就融船政教育、船政工业和海军建设为一体，犹如系统工程，形成了一个完整的链条，真不简单。

左宗棠在奏折中说："成一船之轮即成一船，成一船即练一船之兵。比及五年，成船稍多，可以布置沿海各省，遥卫津、沽。"船是一个平台，船为海军之基本，所以，左宗棠把设局造船作为船政之基础，于是有了马尾造船厂。100多年里，这个厂造出许多轮船，造出那个时候的万吨巨轮。在我的记忆中，20 世纪 60 年代，上海江南造船厂制造出的万吨巨轮下水，那场面仍一派欢庆。如今，万吨只能是小轮，马尾造船需要走出去，迁往连江粗芦岛，这一搬迁，是逐海而去、向海而去，是重振马尾造船辉煌之必须。

船政的根本在教育，这是首任船政大臣沈葆桢所说的。人，才是兴船、兴军之要务，我钦佩左宗棠与沈葆桢，抓住了船政的关键。在船政的建设上，他们的想法体现了"开眼看世界"和"师夷长技以制夷"的思想。

他们引进洋人以办船政。"西洋师匠尽心教艺者，总办、洋员薪水全给；如靳不传授者，罚扣薪水，似亦易有把握。""船成以后，中国无人堪作船主，看盘管车诸事，均须顾请洋人……教习造船即兼教习驾驶，船成即令随同出洋，周历各海口。"

他们送艺童到海外培养。沈葆桢如是说："洋人来华教习未必是'上上之技'"，"选通晓制造、驾驶之艺童，辅以年少技优之工匠，移洋人薪水为这经费，以中国已成之技，求外国益精之学，较诸平地为山者，又事倍功半矣"。福建船政，开了近代史上选送学童至海外留学之先河。

他们不拘一格选拔人才，"内地各项匠作之少壮明白者，随船学习。其性慧，夙有巧思者，无论官、绅、士、庶，一体入局讲习，拙者，惰者随时更补"。

福建船政可述的故事有很多很多，仅从这些，似乎就可以铺陈出一幅经纬图：船政事业方面，有船政工业、船政教育、福建水师；人才培养方面，有人才引进、人才留学，实践锻炼。

福建船政，创造了中国的船政文化，这座博物馆，冠之以"中国"二字，当之无愧。

行走在博物馆和船政旧址中，我受到了船政文化的熏陶和启迪。

我与马尾人交谈，他们津津乐道："沈葆桢率领福建船政自制的舰艇从马尾起航，守护了台湾。"

船政"足为海军根基"，孙中山先生如是说。

三

"两山如门，一水如线，而闽安镇绾其口"，闽安镇的地理重要性可见一斑。

从千年历史的回龙桥走进村里，村落很寂静。这种寂静，包裹着它曾有的喧嚣与繁华。

《马尾志》是这样介绍闽安镇的："闽安镇位于马尾之东，与南岸群山夹闽江对峙，地势之险要仅次于金牌峡，为沿江进入福州的第二重门户，是马尾的防御要地。"故有"闽赖其安""省垣门户"之说。

"闽安"，听到这两个字，就大约知道它的分量。闽，福建也；安，平安也。从宋代始，闽安列福建沿海四大名镇之首，历来是兵家必争之地。

　　闽安，依偎闽江，它没有海，却始终听着潮声，似乎就是为海而存在。

　　去闽安村，看到的古迹很多，听到的故事也很多，然而，不管怎么看、怎么听，都与海有关。公元 893 年始，闽安设立监镇卫，成为闽江口一带的行政中心，一派繁荣；元、明两朝，为巡检司；清代时，这里设协台衙门，管理水师，又厘海关，为闽省南北盐馆总卡……还有，郑和下西洋的部分船队，六次驻泊闽安伺机出洋；戚继光、郑成功抗倭，在闽安村修筑的防御工程……这些，都与海有关。

　　历史上的闽安村，曾经进行过一项浩大的筑城工程，"城墙长三百三十二丈，沿江而建，每隔十米设一炮位，闽安城里街，协台衙门，城隍顶总炮台均在墙内，威武壮观"。后来，这个工事在歼灭海盗、鸦片战争、马江战役等历次闽江保卫战中心屡立战功。抗战时期，城墙被拆以填塞闽江口，筑就水下长城，阻止日本军舰进犯福州。真可谓筑墙为了海，拆墙同样为了海。

　　我与闽安人交谈，他们的心情既充满自豪但又有些忧伤。沈葆桢率领福建船政自制的舰艇从马尾起航，守护了台湾，至今在闽安村虎头山东北麓有一座清军义冢，安葬着随沈葆桢援台御敌阵亡的将士。望此义冢，我想起了"魂归来兮"类似的句子。这些将士并不全是土生土长的闽安人，但他们却长眠于闽安，魂归于闽安。

闽安与台湾的关系，还不止于沈葆桢入台。清代时，政府设闽安水师，水师分为左右营，巡防水汛，广达东南沿海数县，也承担着三年一换班轮戍台湾的任务。据说，在台湾淡水、嘉义一带的"万福营"，现在高雄市的左营，就是当年闽安水师左右营的轮守处。闽安水师在台湾的巡防路线是：高雄—花莲—钓鱼岛—基隆—淡水—台中—高雄。

我走在村中的街上，见不着几个人，就是小商店也少有顾客光顾。这里的年轻人，带着先辈勇于开拓的基因，远渡重洋到海外拓展去了。

坐落在回龙桥头的圣王庙、观音阁的香火，护佑着村落，祈祷着平安。安静的闽安村，充满故事，富有血性。

闽安村不大，闽安人却从这里走向大海，去感受世界的潮声。

四

琅岐有"闽江口明珠"之誉，系福建第四大岛。这座岛，三面临着闽江，一面向着海。习近平总书记2010年考察福州时说："琅岐地处闽江口，咸淡水交汇，那里的海产品很有名。最早琅岐也是特区的选点之一。"

琅岐，是马尾能够见到海、听到海的涛声的地方。如今从福州乘车去琅岐，或上绕城高速，从连江琯头下高速，沿104国道向马尾方向驶上一小段，就可上琅岐闽江大桥；或沿着台江往马尾的江滨大道，一路欣赏闽江景色，穿过马尾城，沿着 104 国道，过闽安、亭江，也可上琅岐闽江大桥。一桥飞架闽江，天堑变通途。

琅岐闽江大桥未通车前，曾经多次上过琅岐岛，每次都费了好大周折。那时上琅岐有两条途径，一是经马尾走 104 国道，从东岐乘轮渡；另一种方法是，绕道长乐，过琅岐大桥进入琅岐。不管什么途径，都得花去两三个小时。

如今的琅岐，一派田园风光，很是宁静，在这里可以听到涛声拍岸，看到落日余晖，见到渔民捕鱼归来，闻到瓜果飘香。

我在岛上转了一圈，看不到现代化的码头，看不到有海轮的停泊，100 多年前，在向海拓展中，与海零距离的琅岐依旧保留着渔村的风貌。

琅岐的海味，透着传统渔村的那种味道，空气中弥漫着海腥味。如果说，琅岐与海的关系是一种天然形成的关系，无法隔绝，但我总觉得似乎还不够，应该还有历史可挖掘。

这里曾经有港，唐末五代初，闽王王审知在琅岐开港，修造海船，交换货物，招徕海上商贾，互通有无。他派部将刘山甫碎巨石，移其艰险，化安流于碧海。宋代时，琅岐进一步发展。明代时，朱元璋派江夏侯在福建沿海建烽火台以防倭寇，琅岐岛上便有了烟台山烽火台。永乐年间，郑和下西洋时在琅岐港等地伺风开洋。据说朱氏祠堂里展示的一幅画于明万历年间的王埔渡及当时的琅岐岛全图，可见屋舍林立，闽江口两岸船帆片片，巡检司城楼旌旗招展。嘉靖年间，戚继光率兵在闽江口琅岐岛抗倭。马江战役，清军在闽江口两岸的烟台与长门的交叉炮火声中得到了些许慰藉。

历史的琅岐岛，是走向海洋的通道，这里曾经繁荣，曾经是兵家必争之地，曾经硝烟弥漫。

琅岐已经定位建设国际旅游岛。说起旅游，那是一种闲适的状态，是一种慢生活的状态，是一种享受生活的状态。说起旅游岛，就让我想起印尼的巴厘岛、加拿大的维多利亚岛，美国的夏威夷岛……风光绮丽，游轮停泊，游艇击浪，沙滩上游人如织。如果把马尾看作一幅画卷，琅岐是这幅画卷的重要一笔，它不以气势取胜，却以静悦人。

琅岐，曾经有过辉煌，我期待着，这颗闽江口明珠绽放更加璀璨。

五

马尾占据地理之要，始终承担守护之责，守着闽江，守着海峡，守着东南沿海。

中国的改革开放，让马尾赢得了新的生机，注入了新的活力。1984 年，马尾是首批 14 个国家级经济开发区之一。之后，相应成为台商投资区、高科技园区、保税区、自由贸易区和福州新区，始终是福州改革开放的重要地区。

改革开放的几十年，马尾巨变，换了新颜。

交通的便利，更是让马尾如虎添翼。30多年前，马尾几近成为福州的一个角落，那时从福州到马尾的绿皮车摇摇晃晃，一条公路也是崎岖难走，后来，从鼓山挖隧道通往马尾，再之后，江滨大道、高速公路相继开通，马尾区位优势日益凸现，蓄积了打造闽江口金三角经济圈的巨大能量。

打造闽江口金三角经济圈，建设海上福州，福州向江逐海。我从台江东江滨大道进入马尾，仿佛置身于花园之中，马尾大桥飞架对岸南台岛，将南台与马尾连成一体。

100年前的马尾，沿着闽江边，给人还是渔村的感觉。现在的马尾，变大了，变宽广了。

我在马尾大桥上从车窗里眺望闽江宽阔的江面，望着停泊在江岸的海轮，不由自主地联想到海湾、海澳，无论是海湾还是海澳，都是海的组成部分。海湾是海岸线上一条大大的弧线，形象地说，海湾是口大内小，如福建海岸线上的湄州湾、兴化湾、厦门湾、泉州湾等；海澳犹如一个口袋，澳口小里面大，曾经到过宁德三都澳，水域面积714平方千米，出水口只有唯一的东冲口，宽度仅2.6千米。而我眼前的这条江则不同，我以为，它既是海的组成部分，又属于江的组成部分，现拥有了海之利，拥有了海湾、海澳所具有的优势，又兼具了江之利，江则向内陆纵深拓展，犹如叶脉，连接着内陆广阔区域。

马尾，吻江派海之地，正在新海丝路上扬帆起航！

琅岐：镶在海口的宝玉

一个天朗气清的早晨，又一次驱车去了琅岐。

琅岐是闽江口的一座岛，三面临江，一面靠海。何强先生用这样一句话概括这座岛的特点："一座有着千年历史故事、有温度的岛屿。"琅岐这个名称的由来，据说在天祐元年，闽王王审知派其得力部将刘山甫到闽江口王晡渡"碎巨石"，"移其艰险"，使得甘棠港"化安流于碧海"，琅岐人感其做出的贡献，以其姓称之为"刘崎"或"刘岐"。后来有不同姓氏的人家登岛，人们又将定名为"琅岐岛"，取"琅者，宝玉也；岐者，水中高地也"之意，即镶在闽江口上的一块宝玉。元代，琅岐海畔里的壶江、与海曲里的川石岛合并为嘉登里，这"里"，相当于现在的乡，琅岐岛的另一个名字叫"嘉登里"。

可能因为自己的祖籍在福州，又生在山区、长在山区，小时候，父母常给我讲起家乡，讲到家乡的江、家乡的海，在我的心灵深处埋下了对海的向往和好奇。至今算来，已经多次走进这座岛屿。每一次的接触，都加深了对它的印象，加深了对它的感情。我似乎觉得，琅岐就如一块磁铁，吸引力越来越强。每隔一段时间，我心里都会萌发上琅岐走一走、听一听那里的潮声、看一看那里的绿野的欲望。

20世纪90年代初，我参加单位组织的到琅岐围海造田的劳动。那一天，天刚刚吐白，就匆匆赶往台江的轮渡码头，船载着我们，沿闽江顺流向着琅岐的方向驶去。这是我第一次乘船领略闽江下游，好奇地伫立甲板上，听着喇叭中的两岸景点介绍，让我认识了金刚腿，知道了马江以及发生在这江之上的惨烈的马江之战。

一个多小时的航行后，船停泊在了琅岐码头，下船又登上了中巴车，车驶在土路上，摇摇晃晃，向着劳动的地点驶去。车子的摇晃让我头晕，我再也没兴趣去欣赏窗外景色，只是在劳动时望着辽阔的大海和返程时的情景至今历历在目。从工地上眺望大海，海水湛蓝，浪拍岸礁，不时可见机帆船从远处驶过，在海天一色中有这些船只的点缀，让人感到大海充满生机。几个小时之后，天下起了细雨，我们登上了返程的中巴，车继续摇晃地从原路回到码头，看窗外一派风光，只是不从闽江坐船溯流回福州，而是登上轮渡过闽江上琯头后，乘单位派来的车返回。车停在琅岐渡口，一列长队。登上轮渡，观两岸烟雾锁江，隐约可见的是远处青翠的山、近处高矗的吊车，还有不时地穿过烟雨入了耳际的笛声。

这次的琅岐之行，我领略了大海的风韵，同时也感到琅岐交通十分的不便，这岛有如尚未雕琢的宝玉。后来听说，从长乐有一座桥通往琅岐，只是从福州走这条路，要拐上一个大弯，耗费掉不少的时间。

坐着轮渡横跨闽江，江面开阔，江水奔流，这水，可以说是海水，也可以说是江水。潮起时，海水从海口涌进江里，一直涌到上游的金刚腿。这条江，人们视为母亲河，发端于武夷山脉，在南平经剑溪与沙溪合流。望着滔滔江水，思绪如江水。20 世纪日本入侵时，父亲为了躲避战火，从这条江溯流而上，选择望得见闽江水的地方而居。闽江下游是故乡，日日望闽江，望着水潺流，可寄思乡愁。很多年后，我写了《闽江就是我故乡》的歌词：

> 我曾经住在这条江的上游
>
> 剑溪沙溪在这汇聚
>
> 每日望着江水潺潺流去
>
> 江的下流那座城叫福州
>
> 我如今住在这条江的下游
>
> 每日回溯江水潺流
>
> 遥望上游那座山城
>
> 那是生我养我的一座城市
>
> 这条江的名字叫闽江

人们称她为福建的母亲河

从武夷山脉蜿蜒而来

向着台湾海峡奔涌而去

我天天望着闽江水

闽江水化作相思水

我天天喝着闽江水

闽江水育着闽江情

这条江的名字叫闽江

闽江就是我故乡

有人这样形容琅岐与闽江的关系："闽江是一条巨龙，琅岐就是这条巨龙口中的一颗绿色珠子。"

说真的，这次琅岐之行，留给我的印象并不深刻，只记住了奔腾的闽江在这里入海，在这海之口，有个名叫琅岐的岛。后来，我花了一些功夫去了解琅岐，特别是它的历史，才知道这扼守闽江入海口的琅岐是个人文底蕴十分丰厚的地方。"唐辟海陬，宋稠庐宇，明标宦绩，清振科名"，这是清代里人为琅岐罗溪朱子祠撰写的长联中的一句，是对千年琅岐历史人文简洁而形象的概括。《嘉登琅岐》一书，非常简要地介绍了琅岐的历史：自宋开始繁荣之后，元至治元年，嘉登岛建起了凤窝南山普陀寺；至正五年，王埔江头道得到重砌，被称为官道；到了明洪武二十年，朱元璋派江夏侯在福建沿海建烽火台以防倭寇，琅岐岛上便有了烟台山烽火台；永乐年间，郑和下西洋时在琅岐港等地伺风开洋，嘉靖年间，戚继光率兵在闽江口琅岐岛抗倭；清代的嘉登岛更是尽显风流，悲壮的马江海战，只有在闽江口烟台山上的炮火中得到了些许安慰……以此算来，琅岐的历史有 1000 多年了。1000 多年来，琅岐岛虽是个孤岛，孤立镶嵌于海口，但是海风与儒风相融，于海风中可以闻到浓郁的儒风。琅岐没有文庙，我查了一些资料，没有发现朱熹在岛上从事过活动的记载，但岛上却建了两座的朱子祠，"以振琅岐之文风"，在一定程度上兼具了文庙之功能，为琅岐的文脉之所在。一处在白云山上，另一处在九龙山南麓，两处朱子祠是琅岐雅士燕集之所、文人读书之处。浓郁的儒风下，琅岐岛也可算是人杰地灵之地，有史料记载，由宋至清，这里走出了几十位进士、举人，可圈可点，如吴庄人王祖道，是岛上的第一位进士，官至兵部尚书、端明殿大学士。这里也有不少文人墨客登岛游览。南宋著名诗人陆游任福州法曹时，曾登岛游览，写下了《海中醉题时雷雨初霁天水相接也》一诗：

羁游那复根，奇观有南溟。

浪蹴半空白，天梁无尽青。

吐吞交日月，澒洞战雷霆。

醉后吹横笛，鱼龙亦出听。

这诗，意境开阔，气势壮观而宏伟。

琅岐岛上儒风和煦，这让我想到了乡村。我走过许多农村，吮吸到乡村里弥漫着浓郁的崇儒之风，这股风不因为穷乡僻壤而不存，偏僻与封闭也不能够阻挡人们对精神的追求，琅岐岛也一样。

第二次上岛之行好像是在 1995 年前后，那一次是参加单位的集中学习，地点在依山面海的邮电山庄，山庄遮掩在白云山间，林木参天，鸟鸣林幽。过往去看海，都是匆匆而过，只留下到此一游的痕迹，能够如此长时间静静地欣赏大海，享受大海，还是第一次。下榻的房间可以俯瞰大海。晨时，被海面的机帆船的"突突"声惊醒，走到阳台，望海面波光粼粼，不时有机帆船经过，打破了海面的宁静。这个时候，我都会独自一人去白云山的观日台欣赏日出时的大海景色，蔚蓝无垠的大海，被朝阳染得金辉，几艘帆船镶嵌在这片金色之中，还有几艘渔船上的人正在撒网。不时，几只海鸟掠过。那撒在空中的渔网和掠过的海鸟定格在相机之中，仿佛是一幅画，一幅富有诗意的《渔舟晨出图》，这番情景，让我感到大海的朝气和活力。据说，这里是福州最好的观日出之地，多少文人墨客登临观日台，在太阳从大海蓬勃而出的同时，心中的诗意也如潮般涌流。

山脚下，海岸边，有两个人工海水湖，这是曾举办清华大学和北京大学的龙舟赛的地方。这两所高校，是全国顶尖的高校，处在京华，但是 20 世纪的 80 年代，连续好几年的端午节，两所高校都会跨越千里来到琅岐岛上举办龙舟赛。每逢赛事，这里人声鼎沸，为清华、北大学子呐喊助威。这项赛事，算是福州比较盛大的活动。这项活动如今已经不再，但望着这两片湖，听着村民述说那时比赛的场景，我的脑际总会浮现那时的胜景，心中会有一股激情在奔腾。

琅岐的海边，是个讨小海的好去处。盛夏时，带着家人，卷起裤管，脚踩在湿润的海滩上，手拿着一根细细的棍子，朝着沙滩上一个个小小的洞口掏着，有时，可以掏到小鱼小虾。即使不用棍子，你看着满沙滩流窜的一只只小螃蟹，把它捉起，放进瓶子，看着它们在瓶里嬉戏，些许时间，再与孩子一起到海边，将它们放进海里，望着它们随着海浪而去，仿佛回到了童年，心中会有一种莫名的愉悦。琅岐岛，三面依着闽江，一面偎着大海，扼守于闽江海口。我望着大海，仿佛看到郑和下西洋时百余艘船在琅岐岛一字排开时千帆云集、伺风开洋的壮观场面，嗅到海风中带着那一股腥味，听到闽江口王晡渡传来的"叮叮当当"的敲击声和长门炮台隆隆的炮声。

琅岐扼守闽江口，责无旁贷地承担着拱卫之责。

一方水土养一方人。我特别理解向大海讨生活的人，特别是没有现代通讯、船只没有动力设备的时期，当船驶向大海，就把自己的命运交给了茫茫大海，大海不仅培养了岛民的勇猛刚烈、吃苦耐劳、纯朴善良，也培养了他们的疾恶如仇性格，对外来者的侵略同仇敌忾。在琅岐岛上有座山叫烟兮山，有座台叫烽火台，那是朱元璋派江夏侯以防倭寇而建的。中法马江海战，福建水师全军毁灭亡，唯一可以告慰的是，于琅岐重创了法军，取得了长门大捷。在琅岐岛，有一处七菜姑纪念墓碑，在白云寺的一面石壁上，雕刻着七位菜姑名字。当日本鬼子流窜琅岐岛的白云寺时，七位菜姑舍身雪耻，用生命写就了她们的传奇。在琅岐人的意识中，爱与恨泾渭分明，他们敢恨、敢爱、敢闯、敢拼。

第三次上岛是在去年的夏日。城里酷暑难耐，朋友邀约说，去吧，去琅岐避暑去。朋友的这番提议，正合我意。琅岐盛产水果，瓜果成熟时，不少城里人都会带着孩子来这里，一方面可以暂时放下繁忙的事务，享受天伦之乐，一方面可以让孩子体验劳动，享受劳动的乐趣。这一次去琅岐，琅岐闽江大桥已经建成通车，这座桥，如彩虹跨在闽江，斜拉的大桥钢丝绳如琴弦，弹奏着属于这座岛的曲子，这曲，有大海奔腾的激越，也有江水潺潺的低诉。车行在桥上，可以感觉到桥在微微晃动。

车驶在防风林遮掩的路上，映入眼帘的是满眼的绿。葡萄架下，挂着串串葡萄的绿，瓜田之中，满地爬藤上牵着西瓜、甜瓜的绿，芭乐树上，垂挂着果子的绿。道路两旁果摊一个挨着一个，叫卖着刚刚采摘下来的瓜果。绿野之间，不时还可以看到虾池，增氧机将水卷起银色花朵。盛夏的琅岐，瓜果飘香，望着这片绿野，可以看见白鹭在滩涂上觅食，看见不时有些白鹭从绿野中跃起，绕飞在鱼潭之上，偶尔还可见几只老牛悠闲地啃着草儿，这番景致多么让人享受。

我们选择了一个农庄。见人来，庄主忙着招呼，免费请客人品尝刚刚采摘下的芭乐。主人告诉我们，眼下正是芭乐收获季节，许多城里人都带着孩子来采摘。我问起价钱，告诉说，买现成的 8 元钱一斤，自己采摘要 15 元一斤。我以为听错了，又问了一遍。庄主解释说，自己采摘，会损害果园，损失一些不成熟的果子。农庄不大，里面有鱼池，不少人在这里垂钓。我们静静地坐在池旁，一边分享着垂钓者的钓之乐，一边品尝着刚刚采摘下来的芭乐。芭乐很甜，也很脆。琅岐还盛产葡萄，葡萄熟时会举办葡萄节。盛夏里，人们沐着海风，赏着葡萄，狂欢着，不禁感叹，这里真是度假的佳处啊！

近年，因工作的缘故，到琅岐的次数愈发多了。

一次，走进红光村，吮吸到了浓郁的书法气息。这是个书法之村，每年四月举办书法笔会，春节前夕小书法家会在村公园为村民们写春联。浓厚的书法涵养，让这里走出了享誉八闽的著名书法家，会让你感到，能人在民间。走在村子的街道上，在短短的 500 米便汇聚了"朱、董、江、陈"四姓的宗祠，形成了极具观赏价值和文化内涵的宗祠群，走在这些宗祠之中，厚重浓郁的宗祠文化扑面而来，它既是追怀先人之所，又是勉励后辈之地。一座祠堂，可以窥见一个家族精神的传承，可以看到一个家族生命的环环相扣。透过一座座宗祠，可以体会古代的孝悌思想和聚宗合族理念。在我的印象中，农耕印迹越浓厚，宗祠文化也越浓郁，而且，宗祠建筑是当地最好的建筑。琅岐也一样，这些建筑门面宏伟壮观、大气恢宏，充溢着古旧又鲜活的沧桑和生气。这一座座宗祠也是人们寻根的地方，记得有一次，我走进一座宗祠，祠内烟雾缭绕，人声鼎沸，人们燃着香，虔诚地祭拜着祖先。当地百姓告诉我，他们从海外结伴而归，寻根而来，祭祖而来。一个游子，不管他们生活在何方、创业在何处，都不会忘记自己的根何在。琅岐岛虽然封闭，但也关不住他们走出去打拼谋生的心，一个红光村2000多人口，旅居海外侨胞就有1000多人，历史把一个封闭与一个开放的琅岐有机地融合在一起。

进入20世纪80年代，琅岐的发展步伐在加快，特别是琅岐闽江大桥的开通，一桥飞架，琅岐不再是一座孤岛。在生态文明建设中，琅岐正在建设国际生态旅游岛。环岛公路正已经贯通，海峡两岸青年交流营地已经建成开放，夜放的灯光如同展翅的双翼，格外璀璨。新的琅岐医院已经落成，自由贸易区琅岐片区让琅岐成为更加开放的区域……如今的琅岐，正发生着日新月异的变化。

每一次走进琅岐岛，我都听到了琅岐岛的脉搏在跳动，它的频率越来越快，充盈着激情。

今后，我会经常走进琅岐，沐浴海风，吮吸花果飘香的味，聆听涛声，去欣赏海岛的绿，浸润那里的文化，回味浓浓的乡情。

琅岐，离我越来越近，它是宁静的，又是充满活力的。

（此文在创作过程中，参考了《马尾区志》《船政志》和萧何先生主编的《嘉登琅岐》）

琴江，琴江

一

琴江村这个名字，让我充满好奇，一直萦绕脑际，甚至有时在梦中也念叨。

打开这个村落的历史，就如同打开一幅画卷，顿时会令人看到它的波澜壮阔。

琴江村，是福建省长乐市的一个村落。说起村落，就会联想到农耕。记得曾经在一篇文章中写道："天上有星星，地上有村落。"辽阔的大地上，散落着一个又一个村落，如同天上的星星一般。这些村落，是为了守望土地，方便耕作而形成的。一座座村落，世代繁衍，在耕作的同时，也耕读着文化，繁衍着文化。而长乐这个村落不同，它本不是为了耕作，村落的前身是个兵营，公元1728年，那些从北方而来，从来没有与海打过交道的旗人从北方、

　　从草原而来，他们在这里以守疆卫土为己任，扎下了根，并在岁月的流逝中，慢慢地"军转民"，成为长乐众多族群中的一个，开始了以自力更生为主的平民化时期。20 世纪初，旗营解散并入闽侯江左里洋屿，后又划归长乐洋屿。20 世纪 50 年代，成立了洋屿村。1984 年，改名为琴江村。

　　用一句最简单的话说，200 多年前，一支从远方携眷而来的军队，选择了"以洋屿去海不远，密迩省城……既可扼守三江，又可与闽安成掎角之势"的洋屿琴江边炮山至鹤山山麓之间筑城扎寨，行使着守疆卫土之责。据说，他们的先祖来自辽东长白山一带。一提到长白山，我的脑际浮现的是皑皑白雪，是壮阔连绵的山，当地人是擅长狩猎的。

　　对于这个村落的兴趣，在于它作为兵营而存在的印迹。"存在就是合理"，在那个时代，清政府在这里安营扎寨，有它的合理性。清王朝建立之后，朝廷深知，对于不熟水务的旗兵来说，"一旦海上战事起，只能望海兴叹"。于是，谕以"尔等旗人，宣知水务"。行走于村落之中，军营式的建筑较为完整地呈现在我的眼前。查了一下资料。这座水师城建衙兵房 1321 间，还有多处庙宇，总体布局为"回"字形，分 12 条街道，4 条直巷和东西南北四个城门。这里原有衙门 10 处、街道 12 条。"街巷建筑划一，布局设计巧妙，外人入其境，宛如置身八卦阵中"，因此这座军营又有"旗人八卦城"之称。

　　兵营建筑，本为官兵居住而建，不同于民居，没有那么的宽敞，没有雕梁画栋。这一排排建筑，都是只有一层的平房，如同一个个长长的方块，在这长方块上，再隔出大小不一的一间间房屋，一个门接着一个门。整个兵营，就由这样的一座座排屋组合而成，排屋与排屋之间开成了道路，成了街道。仔细观察这房屋，门有六扇的、四扇的、二扇的，门的大小意味着房屋的面积大上，根据大小又可以判断出住在房屋里的主人的职位高低。

　　站在这一排排兵营式建筑的街道中，眼帘中浮现出士兵的身影。这些战士，从北方而来，从草原而来，他们在这座兵营，在这闽江边，从习惯于纵马驰骋到知水性者驰骋海场。从陆到海，虽是有天壤之别，但我也一直认为，草原与海疆有共同之处，他们辽阔浩瀚，能够奔驰草原的人，也一定能够驰骋海疆。

　　环顾这座兵营，就好似如今人们所说的"军区大院"，充满着"兵味"。人们以军事为轴，过的是军事化的生活。我眼帘仿佛还看到正在巡视的官兵。早晨七点开启四城门，除非晚上有紧急公务和急事，平时不得开启城门。每个家庭，除了官兵，家人也要参加基础训练，女孩，在学理财当家的同时，要知晓军队的规矩，学会将来当军人的妻子。男孩从小就得去学游泳、习武练功、吊膀子、扔石锁等，他们被当作军队良好的后备人才来培养。

　　没有去探索这些从北方遥远而来的战士，一路驰骋，历经多少的艰辛，但我知道，这些战士在这闽江边扎下了根，从草原而向海，饮食、风俗发生了怎样巨大的变化，他们怎样战胜水土不服，以鲜血和生命书写了一曲曲悲壮的战歌，立下了功勋，彪炳于史册。

望着这座兵营，我更加理解军人的含义：军人四海为家，军人以服从命令为天职，自古以来就是这道理。这些满族军人，他们来了，从草原而来，从北方而来，他们在这里融入了南方这座城市，成了这座城市的成员。

二

站在琴江村不远的山头上眺望闽江，聆听闽江水的涛声，望着来来往往的船只，不时鸣着汽笛。闽江，这条福建的母亲河，从武夷山脉一路奔腾到了这儿，不知道汇聚了多少溪流，不知道穿过多少激流和险滩。这儿是闽江、乌龙江和马江"三江"聚合地，江面辽阔，水从这里向海，大约只有35公里。在这里，已经可以感受到潮起潮落，可以闻到涌进海水的咸味。

兵营只是官兵的栖息之地，他们更放眼于闽江，放眼于东海，力图做到"防务既严，哨巡罔懈"，以达到"可树威绝岛，海疆永庆"。眼前的闽江，如同心中的"草原"，他们要把自己训练成知水性、能够驾驭海疆的"骑手"。官兵在这片海疆进行着陆操、箭操、水操、船操、巡洋的训练。在琴江村口，至今还保留着大操场，这里每年春秋两季举行旗兵会演，先是常规大阵，后演龙须阵，最后是藤牌兵对抗表演。站在操场上，仿佛有冲霄的呐喊声在耳帘回荡。沿着长乐往琅岐的公路，可以看到沿途有许多遗址，从这些遗址中，可以想见那个时候的训练的恢宏场景。在这段江面上，官兵要练习水围、泅水、过剑河、斗快、爬桅杆等，他们在把自己训练成水上蛟龙一般，在江面上"斗快"，一边对抗，一边泅渡，非素娴水务者不能胜任。再则是爬桅杆，那时的"战船"，都立着一根根桅杆，用作挂帆，风正一帆悬。桅杆是帆的轴，是帆的脊梁，而帆是船的动力。在这桅杆之上，官兵必须迅速爬上并立于赶缯之桅顶，表演种种武艺，演毕打一筋斗，落于水面。

水兵的舞台在船。也许闽江生长着世代以海为生的渔民，他们制造福船从闽江而入东海。琴江水师使用的"战船"就是这些船的延续，不是现代战船，没有任何的机器，完全靠人工划桨摇橹，挂帆前行。在江面上，桅杆林立，千帆高悬，如同一面面战旗，战旗猎猎，帆也猎猎。那时，已经有可载130多名战员的赶缯船。可以想见，那种气势，何等壮观。

陆操、水操，可以说是作为一个水兵的基础训练。一名训练有素的战士，必须从基本功开始，但是，仅有基本功还称不上训练有素。军人讲的是战略与战术，是模拟实战的演练，一旦战事来临，便能从容应对。船操，是将水陆训练推进到以船为舞台的训练，通过船排兵布阵。每次盘操，将军都莅营阅操。曾经看过参加船操的配置："计开快字一二号花船二只，每只官一员，领催一名，

枪兵十五名，头目司十五名；快字三四号大八浆船二只，每只官
一员，领催二名，枪兵二十五名，头目司十三名；捷字一二三四号
浆船四只，每只官一员，领催二名，枪兵二十五名，头目司十三名，
中军官一员，领催二名，执令外郎四名，海螺名二十名，升旗兵二名，
炮兵四名。参加船操的共有官员领催兵三百六十五名。"读着这
张清单，我们大约可以知道那时船的编号，分为快字号和捷字号，
可以了解每只战船的兵力配置。

走出去，巡我海疆，了解我疆域。每年春秋二季水师配驾出
洋到定海等外洋面操演各一个月。他们从闽江至闽江口，出五虎
而至浙江定海，在五虎至定海的各洋面操演。他们知道，作为一
个水兵，不能只待在军营里，不能只看见军营前的那一段江面，
那段江面可以作为船的锚泊地，但战船是一定要驰骋于大海之中，
大海才是战船的舞台。

我有时在想，他们虽然不能称之为海军，起码不能称之为现
代海军，但是它应当是海军的雏形，冠上了"水师"之名称，以江、
以海为疆场，是驰骋于水上的军队。

三

林则徐曾经题写"海国屏藩"四个字。"清道光年间，水师
旗营兴办官学，教书先生为闽县萧琼林，萧氏与林则徐有交。"
福建省长乐市琴江营盘里四个城门的对联由萧琼林题写，北城门

为"江城严锁钥，海国固金汤"。题名时林则徐在场，萧请赐墨宝，林则徐感慨琴江的战略要地和水师旗营的英勇，欣然书下，直署林则徐名。

闽江悠悠，岁月也如江水不断地流逝，然而，历史却不会随着江水流逝而流逝，相反地会更加清晰，让人铭记。

养兵千日，用兵一时，水师建立以来，开展陆操、水操、船操、巡航，他们努力备战，维护一方安宁。

我翻阅了长乐市政协文史资料工作委员会编纂的《中国历史文化名村琴江》，书中记载了四次大的军事行动。这支水师，参与了平定台湾林爽文之乱，参与了黑水洋歼海盗蔡牵，参与了第一次鸦片战争，参与了中法马江之战。

福州驻防副都统阿尔赛在上奏朝廷的奏书中明确写道，设立水师，树威绝岛。绝岛，台湾也。这说明，设立水师，就是为维护祖国版图完整。1787年，也就是清乾隆五十一年，台湾林爽文起事，打出"大顺"旗号，宣布独立，与清政府分庭搞礼，三江口水师驻防闽江口五虎要隘。乾隆五十二年，三江口水师旗营赴台参战，战斗十分残酷，在声援隔绝、濒临绝境情况下，水师旗营官兵勇猛冲杀，立下赫赫战功，于乾隆五十三年平定叛乱，三年后凯旋回营。

如今，看新闻知道中国海军远赴亚丁湾，为商船护航，打击海盗。历史回推200多年，东南沿海也深受海盗骚扰，海盗蔡牵啸众骚扰东南沿海居民、劫持商船，甚至攻占台湾淡水、凤山，气焰嚣张。闽浙两省水师合力围剿，三江口水师与蔡牵周旋于沿海诸岛，终于在1809年（嘉庆十二年）取得黑水洋决战的胜利，恢复了东南沿海的安宁。

1840年，鸦片战争爆发，英军试图北上寻隙，转至闽江口，见我因戒备森严，转而北犯定海，福建免遭涂炭。

三江口水师参与的一系列战事中，最为惨烈的应当是中法马江之战。在这次的战役中，水师旗营投入了大小木壳船40余艘冲击敌舰，无奈装备优劣悬殊，几艘木壳船相继被击沉，旗营官兵伤亡很重，其余官兵弃船泅水登岸，在岸边小山山丘上架炮还击，炮山炮台、圆山炮台、鲤鱼山炮台和对岸炮台也齐向敌舰开火，水师官兵浴血奋战，转败为攻，侵略者最终仓皇逃出闽江口的芭蕉山。是役，三江口水师旗营官兵全部投入战斗，500多名官兵为国捐躯，当地流传民谣："法人打闽安，旗勇战沿江，打死李连安，战死张十三，家家眼泪淌不干。"当我读到这首民谣，百感交集。这是一首何等悲壮的史诗啊，它表现了旗勇置生死于度外的精神，反映了家家失去亲人的痛苦。

军人以报国为己任，历史是不会忘记也不应当忘记他们。此役之后，当地民众为阵亡将士建祠立碑，马尾建有昭忠祠，琴江建有忠魂堂与五炮神庙，奉祀为国捐躯的英烈忠魂。忠魂堂毁于抗日战争期间，1984年中法马江之战100周年时，群众集资修建烈士纪念堂。

昭忠祠、忠魂堂（烈士纲领堂）、五炮神庙等肃穆、凝重，是忠魂安息的地方，也是人们凭吊英烈的地方。在琴江，每年七月初三都要念经超度，制作祭品，放水灯，既寄托中法马江海战阵亡将士，又教育后人。

可以告慰的是，今日之中国，不是被人视为"东亚病夫"之中国，今日之中国，不再是任人欺辱之中国。中国站起来了，富起来了，强起来了。

四

琴江村，从兵营演变而来，在岁月中不断丰富了作为一个村落的元素，如今村落的周边一片田园。琴江传承了崇文尚武的风气，后人走出琴江，许多成为杰出人才。有这样一组数据："自嘉庆以后，有进士 2 名，文武举人 105 名，秀才 289 名。清末科举制度废后，就读北大、清华、北师大等大学的 20 余人，入马尾船政学堂、保定军校、黄浦学校的 20 余人，赴美、英、日、德深造的 10 余人。"从这一组数据中，我看到了琴江的生机与活力。

岁月可以流失，江水可以流去，但是，历史总是坚守着，让人铭记着，给人以启迪，给人以教育。琴江村，一座由兵营发展而来的村落，记载着一段历史，这段历史，不会被遗忘。

湛蓝的闽江水流淌着，像是在诉说……

（注：本文的资料来自长乐市政协文史资料工作委员会编辑的长乐文史资料第十五辑《中国历史文化名村琴江》，在撰写过程中，得到了长乐市文史专家的指导）

庄寨：永泰的文化符号

——永泰庄寨的遗产研究的意义属一类新型遗产，这是《实施世界遗产公约操作指南》尚未提及的。

——我看了永泰庄寨，真是非常震撼。永泰庄寨与福建土楼相比毫不逊色，十分有特点，在古庄寨领域或具有占头魁之地位。

——没想到离福州这么近的地方，山水村寨、风光景观保存得这么好。永泰的现状和庄寨的保护体现了宗族传统，非常有特点、有价值。

——使我特别感动的是当地的村民对庄寨的热爱，对庄寨文化由衷的热爱。永泰庄寨文化正是"滋养道德的力量，传承我们的传统优秀文化，来推动经济和社会协调发展"的典范。

——永泰庄寨不仅是南方民居防御建筑的奇葩，也是农耕社会家庭聚落生存的记忆，更是传统乡绅文化弥足珍贵的载体。

以上这些文字，摘录自 2016 年福建永泰庄寨文化遗产保护研讨会上专家的发言。

这只是我采撷的一小部分，还有更多的评价限于篇幅，没能够展现。但我以为，仅是这些，已经让我对永泰的庄寨产生了浓厚的兴趣，产生了一次次走进永泰、了解庄寨的冲动。

一

说起庄寨，我很快联想到是福建西部群山中的土楼，它被发现，据说与一个很神奇的故事有关：在 20 世纪的冷战时期，西方的卫星发现了大山中一座座圆圆的东西，把它当作核反应堆，十分的紧张，于是实地考察，方知这是有了几百年历史的土楼。考察之后，他们甚为这种建筑惊叹，加以报道。许多人感到好奇，于是循迹而来。土楼从此从深闺中走到人前，展示于世人面前。

土楼是圆的，庄寨是方的，土楼圆融，庄寨端庄，土楼在闽之西，庄寨在闽之中。然而，两者的境遇却有天壤之别，闽西土楼已经走出深闺，为人所识，成为五 A 级景区、世界文化遗产，而永泰庄寨却依然落寂山中，"久未梳妆"。

中国文物学会世界遗产研究委员会、中国国土经济学会国土与文化资源委员会与永泰县人民政府于 2016 年 3 月共同举办了"福建永泰庄寨文化遗产保护研讨会"，22 名国内文物、建筑、考古、世界遗产保护领域的专家学者实地考察，惊叹道：庄寨是建筑的奇葩，是中国传统民居的一颗"明珠"，是祖先传承下来的民族瑰宝，完全有资格申报世界文化遗产和亚太文化遗产保护奖。奇葩共欣赏，明珠须绽放，珠宝共珍惜，永泰庄寨随着永泰交通条件的改善、区位优势的凸现，现在是撩开庄寨面纱、为人所识的时候了。

二

第一次走进的庄寨，是三捷镇的青石寨。那天，忙完公务之后，已是晌午，当地人说，去看看永泰的庄寨吧！说实在的，多次听永泰人谈起庄寨，语气中很有些自豪，听了之后也产生了去看看庄寨的意愿。多次到永泰，从车里望山野，不时有方正的建筑映入眼帘。他们的邀请，我很愉快地接受了。

青石寨就在镇上，步行不需多长时间就看到了。站在寨门的远处，举目仰望，只能看到庄寨的一面墙，估摸有100多米长，墙面上开着三扇门。这面墙，由基座和土墙两个部分组成。基座是青石砌成，每一块石头并不规则，大小不一，但是，经过工匠之手，这墙砌得平整、耐看，给人留下美的享受。但是，这还不是砌石的极品，在我后来见到的庄寨中，好一些庄寨的墙基是用鹅卵石砌成的，每一块石头，圆圆的，光不溜秋，可工匠们不用水泥等辅助物就把它们摆弄得服服帖帖，经历风雨依旧那样的牢靠坚实，只是石头上的青苔和岁月留下的斑痕，告诉我它年代的久远。曾经用手去抚摸一处鹅卵石砌成的寨墙，觉得这排列有序的石头，多一粒嫌多，少一粒嫌少，恰到好处。写到这里，我突然想起，永泰是建筑之乡，仅从寨墙的砌石工艺上，就觉得它实至名归。一方水土造就一方工艺，培养一方的乡土人才。穷乡僻壤中，建造这样规模的庄寨，所需材料，就地取材，鹅卵石便是在溪流中打捞来的建筑材料。千年的土，百年的砖。石墙的上面，是用泥土夯成的土墙，这土也是就地取用，极具黏力的，在岁月的氧化中成了褐色，不仅十分坚固，而且散发出特殊的气味，让人感到安宁。

迈进庄寨的那一刻，脚步停留在寨门上。我用手量了一下，寨门有一米多厚，其厚实也是不多见的。老乡告诉我，门虽是木制的，但经过防火处理，难以点燃。这门，是庄寨联络外部的通道，大门打开，庄寨与山野融为一体；大门紧闭，一处庄寨就是一个独立的社区，一旦兵匪来袭，可以御敌于寨门之外。青石寨有五个寨门。庄寨的寨门开多少个，没有统一规制，只是便于进出；有的寨门，不只一重，而是多重，即使一重门被攻破了，还有几重内门。

进入庄寨内部，有如进入迷宫之中。同行的老乡告诉我，这座青石寨，占地面积4613平方米，建筑面积5463平方米，房间共计378间，最多时住过200多人。这是一座三进五落的结构，每一落的中央就是厅堂，厅堂的左右两边都建有船屋，屋与屋之间都有天井。寨里的最后一排好似今天的楼间，三层楼高，这里有私塾，有堆放家具的仓库，有储存粮食的房屋。最让我感兴趣是这座寨楼的顶层和底层的排水系统以及雕式角楼。楼的顶部，是一条贯通的走廊，当地人称之为"跑马道"，每隔一段，就有一扇小小的斗形窗，窗子两侧是斜开的，既可以洞察外面的情况，阻击外面的兵匪，又可以避免外面的枪弹。在寨墙对角线的两端，还有两座的碉楼。初见碉楼，形似碉堡，人立于两座碉楼，就可以尽观庄寨四周，起到了瞭望守卫的作用。庄寨内，屋与屋之间都有天井，天井下方为前后相通的宽而深的排水沟，这样宽大的排水沟，既有利于暴雨时迅速地排水，又可防止遇到不测，如无力与兵匪制衡时，能够通过排水通道迅速撤离逃生。徜徉于庄寨之中，慢慢地体察各处，更加体会永泰庄寨的独特之处，正如专家们所指出的："永泰庄寨防御和居住并重。"永泰庄寨防的是匪，因而重在围墙，反映了是一种民防体系。

三

人们总说，睹物思情，睹物思人，古建筑是历史之遗存，是可睹之物，具有记录历史、展示文化、载托灵魂之功能。人们观其楼而思其人、忆其事。走进古建筑，会给人一种穿越时空之感受。

永泰的庄寨文化，是一种怎样的文化呢？永泰庄寨是一种防御与居住并重，具有鲜明地域特色的建筑，从这个角度来看，庄寨文化乃农耕文化、防御文化、建筑文化的有机结合体。庄寨之庄，是村庄，是农耕社会。框制斗窗、防御性墙体、战略性的跑马道、碉式角楼、竹制枪孔、注水孔等，则体现了庄寨的防御功能。

防御是为了安全，为了更好在居住。你走进庄寨，可以体会、欣赏到精湛的建筑艺术，可以吮吸到这里崇儒尚学的风气，可以体会到耕读文化，可以触摸到绵延千年的乡村文明。

站在青石寨的天井，举头仰望，可以望见蓝天一片。一座庄寨，有许多天井，让阳光能够充分地照进寨里，也让寨子里的人不出寨也能望见蓝天白云。仔细观察，寨子面积虽然大，但是内部被分割成若干单元，每个单元的构造大致相同，功能也大致相同，这样，每个单元就都有了一个天井。中国的民居历来重视天井设计的，"天圆地方"，走了许多庄寨，天井都是方形的，天井四周的屋顶形成的一个圈，就如同仰望天际的一扇窗，从这扇窗望蓝天，天际辽阔。这从天而降的水，是财富的象征，只能落在自家的院落里，是"肥水不流外人田"。

细察庄寨的装饰，可以欣赏到雕镂精美的窗花和其他一些老物件，还见到一些石雕、灰塑、彩绘等民居装饰艺术。同行者告诉我，永泰的许多庄寨的装饰很有特色。他举例说，下际村的南龙寨，正大厅柱子上方两边各有一只凤凰，鎏金彩绘，栩栩如生。凤凰背上有人形雕刻，容貌清晰，若仙人下凡，活泼夸张。挑檐、窗棂、雀替上有形式多样、造型精美的雕刻，线条简练挺拔，风格大胆。积善堂大厅前卷棚的压条是圆形的，用浮雕工艺雕刻写意松梅吉祥图案，线条精细。金墩庄雕梁画栋，美轮美奂，让人观后为之惊叹。

青石寨年久失修，加上人们大多从庄寨中搬出，显得人去楼空，寨内的许多装饰只能看到一些残迹，然而依然可以体会建筑的精细之处。青石寨厅堂楹联全部为木刻，联柱表面刷上朱红底色，雕刻后在字的边缘记了红条，再上墨，每个字都是立体的。这样，不必每年贴对联，只需要清洗或重上颜色，对联便焕然一新。这与在三坊七巷的楹联不同，三坊七巷里的楹联，多是木制后悬挂于厅堂或门柱之上的。尽管制作方式不同，但是功用是一样的，一副楹联，表达了主人的一种心愿。后来，我去了其他庄寨，每一座庄寨内的柱子都悬挂匾额和楹联，所书内容有如"安宅在仁""世德求作""种德堂"和"欲高门第须为善，要好儿孙在读书"。我翻了张培奋主编的《永泰庄寨》一书，仅竹头寨就收录了 32 幅楹联。纵览这些楹联，或是记录家庭的渊源及祖上辉煌，或结合周边美好景致以抒情怀，或讲述儒家忠信孝悌仁义廉耻，或是勉励勤奋读书。细读这些楹联，你会感到文化的渗透力和张力。走过许多农村，尽管建筑风格不同，但是楹联表述的内容却是相同的，都体现了耕读传家的思想。

我穿行于寨子里，发现这里辟有一处学堂，寨子里的孩子可以在这里读书学习，哪怕就是土匪侵扰，庄寨大门关闭，处于"战事"，寨子的孩子也可不废学业。在以后造访各庄寨时，发现各庄寨都辟有学堂，有的未建成主宅先建成书斋学堂，把庄寨里最好的位置留作书斋，设置最高的神龛供奉孔子，外出学习的孩子回庄寨先拜孔子再拜祖宗。庄寨有书香，便溢着文气，书香沁人，文气养人。

四

喜欢选一个高处，静静地从远处欣赏庄寨。从高处俯视，会感叹庄寨与大自然如此完美的结合，给人一种美的享受。到过许多农村，见过许多村居，一户一居，单门独院，沿着用小石子铺就的长满小草的小道，你可能到达村里的每户人家，这一条条小路，织起了联络每户民居的网。在我的印象中，村居是开放的、透明的。庄寨就不同了，它有强大的聚合性，可以把一个村落聚合于庄寨之中。看多了庄寨，发现这些庄寨，有的建于四面环山、稻田环绕的盆地之中，有的建于溪畔，有的依山势顺坡而建，有的则建于山顶，遮掩于青竹之间……无论建于何处，总与大自然浑然一体，方正的造型，透着端庄。在永泰下漈村有一处南龙寨，大厅上有一副楹联"屏山环广夏更借浮岚苍翠摘成百堵文章，漈水起洪波好德濑玉从峥发出千秋逸响"，很好地概括了古寨青山环抱、绿水缭绕的绝佳风水格局。

于高处欣赏庄寨，看到的是层层叠叠的屋顶，黑色凝重，一条屋脊向左右两边形成了斜坡，一面的雨水就落在了寨子的天井里，另一面落到的寨子的外边。整个屋顶，由一片片瓦组成，线条明晰简洁，如同鱼鳞一般，组合得是那样和谐稳定。

欣赏一处庄寨的屋顶，就如同欣赏一幅美丽的艺术作品。布局的不同，给人的视觉也不同。庄寨的建筑布局有"日"字形、"目"字形、"回"字形、"甲"字形、"册"字形、"九宫格"形、"船"形、"楼"形、"八卦形"等多种布局形态。从这建筑布局形态中，可以体会到这些建筑充分吸取了中华汉字文化的精华。望着这一座座的庄寨，很容易让人与书法联系起来。黑瓦，如同墨汁，屋顶错落有致，弯弯的屋脊伸向天际，还有那厚实的柔和弯曲的马鞍墙，透着动感，一座庄寨，就如同一幅写在大地上的书法作品。我又想起雕塑艺术，这一座座庄寨，有如一幅幅雕塑作品，成了永泰的一个文化符号。

从高处望庄寨，寨墙内有若干座楼组合，有如"套娃"一般，外边被厚厚的寨墙包围着。这让我想起了城门，西安的城门、北京的城门、福州的城门，一如故宫，都被严严实实的城门包裹着的，外边护城河环绕。古人之所以建设城门，是为了防御，为了守护城池内百姓的安全。据记载，永泰庄寨始建于唐代，明清持续发展，晚清几乎遍及各村镇。到现在，保存较好的有152座，其中占地面积1000平方米以上的有98座。如果从唐算起，永泰庄寨已有千多年历史。面对这些数据，我理解庄寨出现在永泰不是偶然，而是必然。我们如今说永泰是福州的后花园，从福州南上高速，不要半个小时可以到达永泰县城，一个小时左右，可以从县城通达任何一个村镇。如今的永泰，从地理上说是开放的，但若让时光倒流，不说这些庄寨，就是永泰这座县城，都给人一种隐秘之感。20 世纪 70 年代，从福州坐车上永泰，要在湾边将车摆渡到对岸，车摇摇晃晃，没有三四个小时，到不了县城。县城如此，更不说乡村了，永泰与德化、仙游、莆田、尤溪、福清、闽清、闽侯等县接壤，群山绵延，交通不便，是一处相对闭塞之地。这样的环境，利于土匪的生存，百姓也饱受匪徒侵扰之苦。但是，土地是百姓的生存根基，他们必须固守着土地，安全性便成了建筑时思考的一个问题，尤其是那些比较殷实的家庭，他们需抱团而居。仔细翻了翻《永泰庄寨》这本画册，庄寨多为家族共建或是兄弟共建，全县只有一个庄寨是两家异姓共建。有的庄寨，原本是有庄无寨，是后来为了御敌，才砌了寨墙，成为庄寨。然而，曾经的硝烟早已随时间流失而散尽，只有从讲述中、从庄寨的残痕中才能了解这山野上曾经发生过的搏杀和喧嚣的呐喊。

一处庄寨就是一处景，庄寨不变，变化的是随季节变化的环境。春、夏、秋、冬，庄寨四时之景不同。曾经远眺竹头寨，此时正是春天，四面水田环绕，远处山花烂漫，当时就在想着，秋来时，稻子熟了，一片金黄，那将是怎样美妙的景致啊？

五

《威尼斯宪章》说："世世代代人民的历史文物建筑饱含着过

去岁月传下来的信息，是人民千百年传统的活的见证……"

永泰的庄寨，散落在永泰的青山绿水间，成了那个时代的印迹，是永泰千百年传承的见证。

保护文物，就是保存历史，延续文脉。永泰的庄寨是历史留给我们的宝贵遗产，我们要有珍惜之心，呵护好历史留给我们的宝贝。

历史遗产在保护的同时，也要利用，让遗产惠泽后人。永泰交通的改善，让这些盘踞深山的庄寨走到了人们的面前，待着更多的人去一睹她的芳容。

永泰庄寨，也如一本书，需要慢慢地读，慢慢地品。不同人读了，都可以有不同的收益。

只有走进去，你才能体会、才会感悟永泰庄寨这个文化符号的丰富内涵。

（注：本文在写作时，参考了张培奋先生主编的《永泰庄寨》和《山水古村、奇构庄寨》，谨表谢忱）

永泰庄寨记

闽中永泰，福州后花园，与闽侯、福清、闽清、仙游、德化、尤溪接壤，群山绵延，溪流纵横，约 2200 平方公里，其中庄寨星如棋布、点缀绿野，多时曾拥 2000 余座，岁月侵蚀至今仍存 150 余座。

历史上，永泰处崇山峻岭之中，乃封闭之地。交通闭塞，兵匪猖獗。唐时始有，明清犹多，当地老百姓在闽东民居基础上增防御功能，建庄安寨，以防兵匪之侵扰，求家族之平安。兵匪来犯，紧闭大门，自成一方天地。

远眺庄寨，依形而建，依势而筑，或建于山顶，或筑于山脚，或依于溪旁，或处于田园，方正构造，相互叠加，错落有致，厚实庄重，古朴典雅，尽显院落之美。居山则与山融为一体，居田则与田化为一色，与大自然浑然一体，彰和谐之态。云蒸雾绕，余晖映照，蓝天为景，烟雨笼罩，尤其是冬末春初，梅李花开，一片素白，宛若仙境，真乃气象万千，韵味万千也。

近观庄寨，基座多为石块垒起。取于溪畔之石，圆润光滑；采于山间之石，棱角分明。座如高台，既防山间之洪水，亦防兵匪之摧毁。石基之上，生土夯墙。寨门厚实，铁皮包裹，以御火攻，以防被撞。走在跑马廊，透过墙洞，可探庄外动静，立于雕楼，可窥四周之况。斗式条窗，竹制枪孔……人赞：南方民居防御之奇葩也。

细品建筑布局，既具防御功能，又具栖息功能，聚上百人于庄寨之中，生活设施一应俱全，方便实用。以厅为轴，封经石定位，体现宗教礼法观念。细察建筑造型，轩廊使用，四梁扛井，瓦封墙隔断，观造型如品中国文字。细赏建筑装饰，细致精美，富丽堂皇，蕴含中华传统文化哲理，寄百姓美好之夙愿，反映一方之民俗。设计之巧，工艺之精，不负"中国建筑之乡"之美誉。

处庄寨之中，文气盈胸，书香飘逸，楹联挂柱，匾额高悬，传"安宅在仁"之理念，播耕读传家之风尚，赏楹联对对，读匾额面面，观民俗活动，文化穿透，文脉跳动。养生谷为宝，继世书为香，庄寨文化，存农耕社会家族聚落生存之记忆，传统乡绅文化之载体。

躬逢盛世，改革开放，沧桑巨变，交通通达，区位优势凸显，脱贫攻坚，摘贫困帽。乘乡村振兴之契机，扬绿水青山之优势，永泰人欲在保护中用好庄寨，欲将沉寂已久的庄寨激活。激活庄寨，不止于庄寨，将乡村、田园、梅李一体激活，表现独具特色的自然与人文互动关系，彰显山水之美、自然之美、生态之美、人文之美。

闽之南和西，有圆形土楼，获世界文化遗产之殊荣；闽之中，有方型庄寨。一圆一方，相得益彰。有专家道：永泰庄寨于古庄寨领域或占头魁之地位。

永泰有幸也，拥绿水青山，得金山银山；庄寨有幸也，走出深闺，撩开面纱。她的真容，让人惊艳。

月上洲头

——月洲走笔

　　月洲，这个名字富有诗意。听到这名字，你在脑海中一定会浮现出一幅画面，它有着"山气日夕佳"般的仙境。第一次走进月洲，就被村落的景色沉醉，感佩于先人的智慧。

　　后来，又多次地去了月洲，每一次都意犹未尽。最近的一次，是"乡村复兴论坛·庄寨峰会"在永泰召开，论坛的会场设在村里，月洲是两个会场中的一个。

　　天不作美，会议的两天，正是永泰一年来最冷的时候，但是参会者的热情与天气的寒冷形成了反差。前一天在白云乡的竹头寨开会，看了竹头寨，就让与会者感叹不已。永泰的群山之中，坐落着如此众多的庄寨，像坛尘封已久的老酒，坛口正被打开，一股醇香扑鼻而来；也如一个盖着头盖的新娘，正待新郎撩开她的面纱，欣赏到她的真容。有了前一天活动，大家兴趣渐浓，很期待这一天的行程。早上，从城里下榻的宾馆出发，上了高速，在梧桐高速公路口下了高速，一路上一条溪流一直伴我们而行。这条溪，是永泰的母亲河，溪流蜿蜒，风光绮丽。这条溪，水入闽江，是永泰连接福州的水路。曾经到过嵩口镇，那是一个古镇，有一个渡口，是德化、闽清、莆田、尤溪、仙游、永泰等市县的货物集散地。山里的货物从这里顺流经大樟溪入闽江，需要运往山里的货物又溯流而上，经嵩口，再往德化、闽清等许多村落。与当地的百姓聊天，他们很风趣地说，长江有纤夫，大樟溪也有纤夫，船只逆流而上，人们拉着绳索，哼着船工号子。听了他们的介绍，在我的头脑中仿佛浮现出一幅图景：溪流湍急，纤夫俯着身艰难地拉着绳索，号子回荡山峦。渡口繁荣了嵩口，成了四乡八里的墟场，至今存在，虽然不如过去热闹，但也激起了人们心中的乡愁。

月洲村，位于往嵩口镇的路上。在距嵩口大约 10 公里的路上，可见一桥，横跨大樟溪，路旁有一亭子，亭旁有一石碑，上书"月洲村"。车从这里右拐过桥，算是进了月洲村。车在会场前停下，悦耳的古筝声飘进耳帘。琴声从溪流上的一条竹筏传来，一位身着汉服的女子弹着古筝，披着蓑衣的艄公泛排溪上。琴声悠扬，溪岸边许多人拿起相机或手机留下这幅图景，更有无人机在空中盘旋，从高处摄下了这番景色，感叹"真是人间仙境啊"。在《卢川雅集》中有一段关于发现月洲的传说，读了颇有些陶渊明笔下的《桃花源记》的韵味。"早在 1300 多年前这里就有几户梁姓居住，到了后唐五代，张睦次子张膺、季子张赓为避朝乱，弃官归隐，奉上天玄帝香火，携家眷自福州逆大漳溪而上，至永泰梧桐而居。不及期年，兄弟俩同一个晚上做了一个梦，梦见金甲神人告诉说：'此处非君子久居之地，水流桃花而下，君循溪畔而上，五十里许有水口，复沂小溪而入，桃花盛开，其洲如月，君可世居焉。'及且，兄弟俩谈梦境无异词，遂复奉香火，携带家眷，如梦境顺溪而上，行五十里，果见水流花，而下有一水口，再沂小溪而入，果见梦境，洲形如月，山秀水灵，峰有文笔，岩有金鸡，湖有玉狗，潭有蛰龙，四周君山环抱，前有虎、狮、象把口，祥龙腾江，丹凤朝阳，文峰笔立，马港奔流之胜境。于是就在这深山荒野披荆斩棘，刀耕火种，吟读四书，繁衍生息。"岁月的流逝，繁衍了月洲，也繁荣了月洲。我问村民溪的名字，他答说桃花溪。他给我说了这名字的由来，古时，溪流两岸，有许多野生的苦桃树，遇狂风暴雨，桃花散落入溪流，故名。

　　会场设在村里的礼堂。这是"文革"期间建造的，建筑风格带着那个时代的印迹，目前，在农村已经很难得见到这样的礼堂了。村民们在保留原貌的基础上，对礼堂进行了适当的改造，增加了看台，成了村民重要的活动场所。礼堂旁边还建有一个咖啡屋，处在茂林修竹之中，可见金鸡潭潺潺水声。我独坐在咖啡屋里，品尝着这家咖啡屋的特色咖啡煮蛋。

　　午饭安排在宁远庄。庄子在离礼堂不远处的一个山头上。杂石铺道，拾级而上，立处高处，月洲景色映入眼帘：远处山峦连绵，近处是一片开阔的盆地，村庄就在这片盆地之中。绿色簇拥，绿水环绕，白墙青瓦，与黛色远山默默相映，李树梅树连片，梅花开在隆冬，李花开在初春。眼下这片梅花已谢，李花尚未含苞。村民告诉我，春节前后，李花绽开，素白淡雅，或是云雾缭绕，或是阳光映照，可以想象，那该是怎样的美景啊！我与村民互留了电话，商定李花盛开时告诉我，我一定要来领略李花盛开时云蒸雾绕的美丽景色。

宁远庄占据了整个山包，四周山坡老树遮掩，如果不是刻意去寻找，在山脚下也注意不到山包上的庄子。宁远庄，含有"宁静以致远，钟灵而毓秀"之意。"楼槛凭乡井，眺月瞻星，且作升平守望；垣墉面祖祠，捍风障雨，聊成族姓藩篱"，可见建庄的初衷是为族人遮风挡雨、抵御外敌，守望一方的宁静。庄建于清雍正七年，建造者张谦当时只有 24 岁。整个庄子，占地 3000 多平方米，内宅以品字形彼此相连，有 120 多个房间。吃饭间，在庄子的内宅走了一圈，曲径通幽，布局合理。村民说，庄内还设有通往寨外的地下取水管，以及地下盐仓、粮仓，庄子左寨墙外还有 20 多个供长工居住的房间。可以看出，整个设计，如永泰其他庄寨一样，体现出庄寨居住与防御合一的特点。

欣赏宁远庄，令我感兴趣的是庄寨的一面硕大的墙和庄子里的楹联。这墙是一面防火墙，灰檐线条柔美，只是墙面不是常见的白色，而是用瓦片封墙，如同我们今天见到的贴瓷砖一般，纵横交错间，线条经纬有序，可见当时工人的工艺水平。

曾经在《坊巷格局》一书中写道："楹联是中国建筑中不可缺少的点缀性建筑小品，提升了庭院气质，让庭院充满文气。"宁远庄的楹联，也让庄子文气四溢，起到了潜移默化的作用。礼仪门内侧楹联为"欲高门第须为善，要好子孙在读书"，横批为"安宅在仁"。我注意到，庄子的主人特别强调"安宅在仁"，在内侧朝楼门楣联为："安宅在仁，迎风待月。"庄子内，还有"傲不可长，欲不可纵，志不可满，乐不可极"这样的联子，读着这一幅幅楹联，浓郁的儒学文化冲出心胸，让我再一次感受到儒家文化的魅力。"善、书、仁"是老祖宗留给我们的精神财富，庄子的主人将它作为立庄之根本。

月洲，还有一座庄寨，名叫杨梅庄，清嘉庆初年由张金生所建，占地面积 1550 平方米，年久未修，显得有些破败。但从芦川桥眺望，整个庄寨静静地依着山，与大山浑然一体，显得朴拙肃穆。望着庄子，心中不免有些焦虑，这样的宝贵资源，如何活化？我心里有些焦虑，这里的百姓同样焦虑，他们想借召开"乡村复兴论坛·庄寨峰会"，让更多的人了解月洲，参与月洲的振兴。

利用中午休息的时间，好好地逛了一下村庄，这一逛，更觉得它美丽和文化悠久。

召开这样全国性的盛会，在村里还是头一遭，村民们十分好奇，老人们聚集在村子里的芦川廊桥闲聊着，享受着这样的气氛。

廊桥前，立着一块石碑，石头呈褐色，如鲲鹏展翅。我问村民，这巨石是购得的吗？村民很得意地说，不是，是几个村民在桃花溪与大樟溪的交汇处寻得的。从他的得意劲中，仿佛要告诉我，这是上天赐予这个村的。好几个游客看了，赞叹说真是天造地设，这石头摆放这里再适合不过了。石头好，石头上题刻的字也好，行书"月上洲头"是中国美协主席、中央美院院长范迪安先生所书，四个字大气，与石相得益彰。

走过廊桥，沿着石头铺就的小道去了张元幹故居。有道是人杰地灵，月洲还真是应了这句话。一个小小的山村沃土，自宋至清出了48个进士、1位状元、2位尚书，成就了"父子六进士，五子同朝，三代十八条官带"的科举传奇。最值得一提的是南宋爱国词人张元幹，就出生在半月居里。半月居庭院不算大，也不气派，甚至让人感到有些过于简朴，这里被辟为张元幹广博馆，展示着张元幹的著作和有关研究张元幹的著作。毛主席晚年，喜欢张元幹的《贺新郎》，在眼不能视、言不能畅的时候，伴着昆曲节拍，依旧低吟这首词。据史料记载，周恩来总理曾高度评价张元幹，说"我很为福建人骄傲。张元幹是福建人，当时枢密院编修官胡邦衡上书请斩秦桧、王伦、孙近等权奸之头，疏入谪为福州签判。四年后被除名，送新州编管。张元幹当时居三山，以长短句送胡铨之行"。周恩来还说："我们共产党人要好好地学习这一首词，学习张元幹锄奸靖国、抵抗侵略的精神，不怕牺牲，前赴后继，去争取胜利。"望着墙上的张元幹的《贺新郎》，我低声吟诵：

> 梦绕神州路。怅秋风、连营画角，故宫离黍。底事昆仑倾砥柱。九地黄流乱注。聚万落、千村狐兔。天意从来高难问，况人情、老易悲如许。更南浦，送君去。
>
> 凉生岸柳催残暑。耿斜河、疏星淡月，断云微度。万里江山知何处。回首对床夜语。雁不到、书成谁与。目尽青天怀今古，肯儿曹、恩怨相尔汝。举大白，听金缕。

站在半月居的大厅前，遥望远山。月洲人依山形赋予其与村落文脉气质相符的名字，半月居正对着文笔峰，右靠着笔架山。月洲人喜欢"文笔"这个词，经常将这个词撰联入诗，在双铭庄，有一副楹联："文笔蕴书香，家声永远；双铭承世泽，福运绵长。"在张肩孟旧时钓鱼的摩崖石刻上，刻有"文笔倾国"。在杨梅庄有："宝先代赐出麟角凤毛，累叶人才腾后起；开中锋文笔龙潭马港，千秋胜迹炳前朝。"半月居里，也有几副楹联："耕我心田，何怕尧汤水旱；出人头地，全凭孔孟诗词""由天道而得，坐门合欢；从莱舞此发，随处皆春""夜极却嫌春雨闹；观书还想得精神"。

从半月居出来，去了离半月居不远的寒光阁，寒光阁位于桃花溪边，始建于宋朝，是张姓子孙的读书处。据张姓族谱介绍，张肩孟与其子都在这阁里读书，忽一日梦神人告之"君看异日擎龙手，尽是寒光阁上人"，觉而大书"寒光阁"于其楼。据当地人说："从此阁走出了48位进士。"如今，寒光阁得以重修，溪水从琴桥潺潺而流，环境十分幽静。离寒光阁不远的地方，有一处利用废弃的发电站改建的月溪花渡图书馆，保留了旧发电站充满岁月痕迹的夯土墙、楼梯、木板、瓦顶。改造后的图书馆，融图书馆、咖啡吧、亲子绘本室、艺术展厅、乡创课堂、轻餐吧于一体，走在其间，翻阅着书架上的书，又不时地欣赏窗外的景致，这图书馆与不远处的寒光阁对视，像是在相互地诉说，有如月洲文脉的延续。读着半月居的楹联，观赏寒光阁，看看新图书馆，我似乎找到了月洲深厚的人文底蕴的缘由，找到了贤人辈出的缘由。

从图书馆出来，又去了张圣君祖殿。一路上，溪水相随，桃花溪在村中绕了一个大弯，流成了"月"字形，逐渐分隔出一个形状似月的沙洲。沿途可见不少摩崖石刻，其中"龙门"二字及"蛰龙潭里蛰，潭上风波急。一旦飞上天，鱼虾不相及"，最为村里人津津乐道。张氏隐居月洲后，一度沉寂。第六代孙张沃长到七岁还不会讲话，一日偶经蛰龙潭时突然开口吟了这首诗。此后，张沃果真成为张氏再度走出月洲的永泰第一位进士。村里人在村口的岩石上刻下"龙门"二字，取"鲤鱼跳龙门"之意。移步移景，马港、芦苇滩、金鸡潭、鞠躬树、三仙树，景不胜收。月洲人至今还保留着几十年前桃花溪中鱼戏清水的记忆。那时，女子在桃花溪边浣衣，一群小鱼游来，也不怕人，逐来又去；水牛在溪中泡水；男子在傍晚时把米糠撒入溪水，天黑时，带上幔网到撒糠处用力抛出。这景象，恬淡、闲适。

张圣君殿位于月洲桃花溪安兜岩的"圣君坪"。《芦川雅韵》介绍："张圣君降生于月洲，一生扬善除恶，除暴安良，乐善好施，济世救难，兴利除害，抗旱救灾，于永泰赤水斩蛇，德化石牛山除妖魅，仙游斩恶蛟化石为桥基，莆田镇山鬼，仙游凿古寨岭，漳州祈雨救旱，尤溪治贫救活贫家子……闽中各地相传他与五通鬼斗法之遗迹，并有化腐朽为神奇的'红泥鳅复活、倒插竹、午时种茄、梯田水倒流灌溉'等济世利民的神话。"张圣君被尊为农业神，在岁月中也逐步形成张圣君信仰文化，每年农历七月二十三是张圣君出生纪念日，圣殿举行谒祖进香活动，海内外信众重返圣君故里月洲，虔诚谒祖进香。我们的许多信俗，实际上都是百姓为纪念那些为百姓做出贡献的人而形成的，如妈祖、陈靖姑等。

下午，继续开会，听专家们论乡村治理之道。听着听着，脑海中冒出一个想法："要激活庄寨，就必须振兴乡村，激活田园；一个村落，一座庄寨，不能只成为一个仅仅让人看看的观赏品，应当留得下、住得住，应当能够激活乡愁，成为人们寻找乡愁之地。每个村落，都应当形成自己的特色，讲好自己的故事。越有特色，就越有魅力。神奇的传说、仙境般的景色、深厚的文化底蕴、先贤辈出之地、独特的民间信俗，造就了月洲的魅力，并形成月洲的特色。"

"天上的月亮若隐若现，地上的月洲花开花落，无论你走得多远，梦见的还是那条小河；天上的月亮阴晴圆缺，地上的月洲幸福祥和，不管你离开多久，魂牵的还是那道山坡。"耳边绕萦着《情系月洲》这首歌。

月上洲头，月洲，再上洲头。

才从月洲回来数日，便又想月洲，诗意涌起，写下《诗意月洲》小诗一首：

> 说出这个村名，诗意就会泛起
>
> 其洲如月，晨雾似轻纱拂面
>
> 犹抱琵琶半遮面，让人欲撩还休
>
> 想起《诗经》"在河之洲"的浪漫
>
> 忆起陶渊明《桃花源记》的意境
>
> 在这个地方吟诵：梦绕神州路
>
> 心中有着一股荡胸的澎湃
>
> 清澈而蜿蜒的溪水潺流
>
> 绿竹添了溪岸上的妩媚
>
> 冬末漫山李花多了村的雅致

秋时挂在枝头的柿子添了热闹

含着农家腌制的李果

像是找到村庄甘醇的味道

随手按动相机，留下的美丽

让我觉得，这里无处不是景

轻轻地走在油光的青石板上

仔细辨别属于诗人的那一双脚印

留在摩崖上的七岁孩童的诗

耳际萦绕寒光阁朗朗书声

眼帘尽览文笔峰的层层叠嶂

月洲，灵山秀水间弥漫着

浓浓的书卷气

月洲如诗，让人吟诵

月洲如画，让人欣赏

月洲如梦，让人牵绕

（注：本文在写作过程中，参考了《芦川雅韵》《月上洲头》
《那村那寨》等资料，在此，表示衷心的感谢）

聆听石头厝「唱歌」

穿梭于一幢幢石厝，一阵悦耳而有些特殊的音乐传入我的耳际，有时低吟，有时高亢，有时雄浑，有时缠绵。我怀着好奇的心寻着乐声到了一座石厝。门前的台子上，摆放着一个个石头，完全没有人工雕琢痕迹，架子上放着几把大大小小的铁锤，随意拿起一把敲击不同的石头，石头就会发出不同音阶的悦耳声音。平潭石头无言却能歌，像是在吟唱，吟唱着眼前的这片大海，这座村落，这里的渔家生活。

我走的这个村落是平潭的北港村，它依偎在平潭君山下。君山是平潭的最高峰，海拔 400 多米，可以把一幅美景尽收眼底：远处的海湛蓝，几座小岛镶嵌其中，一叶小舟在海水中飘荡。虽说海水都是蓝的，但是，平潭这片湛蓝的海让人看了却更明澈、更有味道。此时正是退潮，黑礁石裸露，海浪轻轻地拍打着，几个海钓的人在岸边海钓，一个渔家女在礁石的缝隙间摸着，找寻着退潮后潮水留下的各种贝类。不远的船坞里，渔船静静躺在柔软的海滩上，五颜六色。近处是村落，层层叠叠，错落有致，让人看了有一种古朴的感觉。眼中的这片房屋，可是平潭一宝，也是我来这个村落的主要目的，它们有一个很好听的名字——石头厝。俯视山下，各种花朵正绽放，与民居、海滩、大海共同展示渔村特有的景致。

给我们当导游的是一位姑娘，听口音不是本地人，我问她，姑娘告诉我她是南京人。我很是好奇，南京可是大城市啊，问她怎么会到平潭。姑娘笑着说："爱上了平潭，也爱上了这片海。"她加入了文化旅游公司，参加了平潭的旅游开发与推介。在平潭，姑娘还收获了自己的爱情，有了自己家庭。姑娘来平潭，只有三年的时间，但是说起眼前的石头厝，论起背后的君山，谈起平潭的海，可是娓娓道来，语言里充满着感情。村落旁，一条水沟从君山上一直延伸向大海，水在石块间流淌着，仔细听，可以依稀听到"哗哗"的水流声。姑娘告诉说，这也是平潭的一大特点，要看到水流，只有搬开石子。姑娘领着我们，在一幢幢石头房里穿梭着，介绍着石头房的特点。我看着看着，发现整个村落完全是石头打造出的世界：从地基到墙面，从门框到梁柱，再到围墙和猪圈等，基本都是用花岗岩石料垒砌而成。甚至连村道巷子、村庄靠海的码头等，都是用石头垒就起来的。

惊叹于石头厝的建造，一幢幢石头厝，是用一块块石头垒起来的。如果这石头是一块块规则的石头倒也罢了，我的惊叹在于，走进厝内，发现这些石头一块块完全不规则，完全是在自然状态下一块块地垒起来，垒得那样的自然，给人一种原生态的视觉享受。斜斜的屋顶用黑瓦一片片地整齐地铺陈的，瓦片之上一块块的压瓦片石，每块石头都有一定分量。这里靠海，台风时时侵扰着村落，狂风卷起，这石头就要被狂风席卷。石头最重要的作用就是台风席卷时当护瓦石。从远处看屋顶，这一块块护瓦石，就如同棋盘上的棋子。石头厝的屋顶与福建其他地方乡村的民居有很大的区别，没有弯弯的翘角，也没有伸出墙体的屋檐，看上去十分的平实简洁。这石头厝，有人说，看上去就是碉堡；也有人说，看上去有点儿像是城堡；我以为，像而又不像，说它像，它如碉堡般地坚实，能够抗的狂风的袭击，说它不像，我所见到的碉堡大多是圆形构造，而这石头厝与普通房屋的构造一样，只是建筑材料使用的不同，碉堡让人想起战争，而这厝子让人想到的是人居。但是在抗日战争的时期，石头厝确实成了打击侵略者最佳掩体，小窗、石洞成了打击打人的最佳位置。

　　记得梁思成先生曾经说过：建筑的三要素是适用、坚固、美观。自古以来，任何人盖房子都必须有一个明确的目的，是为了满足生产和生活中某一特定的需要。房屋必须具有与它需要相适应的坚固性。在这两个前提下，它还必须美观。三者俱备，才称得上好建筑。在我的脑海里，称得上好建筑的很多，土楼是好建筑，那用土垒起的圆形建筑，大门一关，如同一座小城堡，能够抑制兵匪的袭扰，看上去又是那样的圆融；三坊七巷是好建筑，它赢得了"中国里坊制度活化石""明清建筑博物馆"之美誉，你到三坊七巷走一遭，白墙灰檐、马鞍墙和翘向蓝天的屋脊，既透着内敛沉稳，同时又让人感到蓬勃向上，充盈文气；苏州园林是好建筑，可以反映出"中国古人在日常生活里梦见的梦境"，你漫步其中有着一种闲适……平潭的石头厝也是好建筑。平潭是个岛屿，也是台风常常袭扰的地方，即使没有台风，常年风沙困扰，成林的树木不多，而裸露的花岗岩石却随处可见，在这"光长石头不长草，风沙满地跑"的地方，石头，成了渔民建房的首选，因为用石头建出的房屋坚固，适合居住。至于美观，那完全取决于建造水平了。

我问姑娘平潭的石头厝的特色和分布，姑娘脸上溢着自豪，首先从结构上介绍。平潭的石头厝大致分为三种类型："四扇厝""留码头"和"竹篙厝"。最常见的为四角厝。她领着我走进一户人家，房内裸露的一头抹上了清油，每块石头都泛着油光。我挨间看了房子的结构，进门就是厅，主要用于接待客人用的。客厅的后边还有一个后厅，一般用作厨房、杂物间、仓库，或用于放置渔、农等生产用具。住房在客厅的两侧。导游告诉说，四扇厝是石头厝中最见的结构，当然，还有留码头，那是因为渔民无法一步到位，先建一半，之后待有能力了再继续建造，完成四扇厝。当地人将半拉子工程形象地称作留码头。还有一类石厝，村民把它叫作竹篙厝。它的特点是，以数十间房连成排厝，依次是前天井、厅堂、住房、后天井，前有大门，后有小门，直进直出，形如竹篙。姑娘说，这种厝的设计理念来自于兵营。清代平潭与台湾班兵换防，在岛上建设了很多兵营。后来，渔民们便仿效，建成了联排的石头厝，用今天的话说，类似于"联排别墅"。

走在村子的小道上，脚下的路是石头铺的，每块石头都泛着油光，让人感到润滑，杂草在石缝间生长，也为单调的石头路添了些绿意。与这些石头厝零距离地亲近，心里更添了对它的好奇，想探究岛上还有哪些有代表性的石厝。姑娘说：东庠澳底村，多为青石结构，大门旁设有半个人身等高小门，较为凝重古朴；白青白沙村的石头厝临海凭风，密密匝匝却井然有序，俨然是一幅精致的山水画；平原红卫白沙垄则风格多元，色彩斑斓，雕刻工艺精湛……导游说的一串串村名，我这外地人感到陌生，但给我的印象是，平潭处处是石头厝，而每处石头厝都有自己的风格、自己的景致。石头厝那些原本灰色的石头，经风吹雨打，渐渐地变成了五彩斑斓，让人既感到它的沧桑，又感到它的活力。

站在村子的高处，俯瞰远处的海，谁能够与海为伍？眼下的这石厝，与这海的性格是何等的相似。在狂风巨流中谁能敌？石头厝也！当海风平静时，谁能与海的温柔相配？石头厝也！它为大海添了秀色，增了柔情。我再一次被先人的智慧折服。适者生存，这石头厝是平潭人利用自然营造家园的结晶。这海这厝真是绝配。

"清晨看日出，傍晚听涛声。可见农家耕作，可听燕雀呢喃。"穿行石头厝，悦耳的声音萦绕耳际，石头厝正焕发出新的生机与活力。随着平潭的开放开发，人们纷至沓来，欣赏着平潭的"宝贝"，祖国各地许多怀揣梦想、富有创意的年轻人来到石头厝，将石头厝打造成文创小屋，开发文创产品。台湾的艺术家在石头厝成立了"石头会唱歌"艺术聚落，将平潭的石头变成乐器，敲打出一首首曲子吸引来往的游客，用石头发出的乐声抒发了"闽台一家亲，两岸一家人"的情愫。2017年华人华侨春晚，这些年轻人向全世界展示了平潭石头乐器的魅力。

平潭的石头会唱歌，平潭的石头厝也会吟唱。吟唱着平潭的昨天，吟唱着平潭的明天，在这些吟唱中，人们体会到浓浓的乡愁，更有一种把梦想变成现实的冲动。

平潭的石头会唱歌，唱得我心醉了。

福州女人

几个朋友聚会，谈及婆儿媳妇的话题，有位朋友提到坊间"好男不娶福州女"的说法，让我心里犯起嘀咕。这说法之前曾多次听说，福州女人怎么了？

曾听另一位朋友论福州女人，他说他的心里，是很为福州女人自豪的，他的母亲就是福州人，他和他的姐妹虽不出生在福州，但论祖籍都是福州人。母亲慈祥、吃苦耐劳，在颇为艰难的那段岁月里，以柔弱的身躯顽强地支撑着家庭。在他的心底，一直认同"母亲"这个字眼是神圣而伟大的。当看到媒体报道母亲为了孩子、为了家庭置生命于度外，他更加感到母亲的伟大。他说，他的姐妹谈不上事业有成，但一个个家庭美满。他不敢说他的母亲、姐妹就代表福州女人，但倘若把她们当作福州女人的缩影，起码可以说，福州女人吃苦耐劳、贤惠持家。这位朋友进而说道，他的妻子也是福州人，把家庭打理得和和美美，把婆媳关系处理得妥妥当当。从他的神情中，我可以感知，他想表达的是福州女人与其他地区的女人一样——美丽、善良、贤惠、温柔。对"好男不娶福州女"的看法，他不解地感叹："怎么会有这样看法呢？"

曾经欣赏过《似水流年——外国摄影家眼中的闽江与福州》。20世纪二三十年代，日本人岛崎役治等，就把镜头对准了福州女人。"外国摄影家镜头下的福州女人，大致可分为两种类型，一是处于社会底层的劳动妇女，她们承担着艰苦的户外或田间劳动，她们不裹脚，不束胸，善良，身体强壮，散发着劳动妇女特有的魅力。另一类是知识女性或富家名媛等，她们大多身材丰腴，皮肤白皙，打扮考究，知性优雅。"过去的福州女人，喜欢在头上插上"三把簪"，每把簪长七八寸，有开口，左右两支交叉插成 x 型，中间再插一支，用以固定头发。我开始以为，这是与其他地方的女人一样，仅仅用作装饰，后来我才知道，它不仅用作装饰，还用来防身。从这一点看，福州女人又具有刚烈的一面，谁也不能够轻易占"便宜"。我曾经见过我的姑妈头上插着"三把簪"，她是个乡下的村妇，一辈子以种地为生。记得那一天，我从湾边坐渡船过乌龙江，是在菜地里见到她的，古铜色脸庞的头顶上那"三把簪"至今让我印象深刻。

许多曾经在福州生活或到过福州的作家，他们的笔触都或多或少地触及福州女人，留下了他们对福州女人的描写，流淌着情思。

冰心先生把福州健美的农妇称作是"天下之最"。她在文章中是这样描述的："我从闽江桥上坐轿子进城的途中，向外看时惊喜地发现满街上来来往往的尽是些健美的农妇！她脸上皮肤白皙，乌黑的头发上插着上左右刀刃般雪亮的银簪子，穿着青色的衣裤，赤着脚，袖口和裤脚都挽了起来，肩上挑的是菜筐、水桶以及各种各色可以用肩膀挑起来的东西，健步如飞，充分挥洒出解放了的妇女气派！在以后的几十年中，我也见到了日本、美国、英国、法国和苏联的农村妇女，能和我故乡的'三条簪'相比，在俊俏上、在勇健上、在打扮上，都差得太远了！"冰心先生的祖籍就是福州长乐，并曾经在三坊七巷生活了短暂的一段时间。冰心先生写福州女人，可以说是家乡人写家乡人，女人写女人。如果说她的笔底有些偏心的话，那么来看看与冰心先生同乡的男性作家孙绍振教授是如何写福州女人的。他开头这样写道："从外地初来福州的女人有两只眼睛，一只用来审视自己已经拥有了的丈夫，一只用来挑剔可能吸引丈夫的福州女人。"在他的文章中，有几处很吸引我："福州女性在外地男人眼中是水灵的，可是在外地女人眼中却是成了精的。而今，福州女性的长相成了旅游者眼中福州'名片'。""美女天生是要被异性欣赏，同时又注定了要被同性挑剔的。""有一条定律似乎是放之四海而皆准的：女人美丽与她被挑剔的程度成正比。""福州女性越是被外地同性挑剔得凶，就越是证明她的美丽。能公平地欣赏另一个女人的美的女性，就不是真正的女性。"孙教授这篇散文通过一个外地女子看福州女子的"挑剔"来说明福州女子的美丽。

孙教授是一位本土的男性作家，如果他的论述还让人感到有些偏爱的话，那我们再看不属于故乡人的男性作家的笔下如何写福州女性了。

郁达夫先生是这样写的："福州女人的另一特点，是在她们的皮色的细白。生长在深闺中的宦家小姐，不见天日，白腻原也应该；最奇怪的，却是那些住在城外的工农佣妇，也一例地有着那种嫩白微红，像刚施过脂粉似的皮肤。大约日夕灌溉的温泉浴是一种关系，吃着闽江江水，总也是一种关系。"郁达夫先生还写道："及至观察稍深，一移目到了福州的女性，更觉得她们的美的水准，比苏杭的女子要高好几倍；而装饰的入时，身体的康健，比到苏州的小型女子，又得高强数倍都不止。"

许钦文先生在文章中说："无论怎么早，她们的头发总已梳得精光；虽然赤着脚，往往连草鞋都不穿一双，可是她们的裤子，多半由丝织品制成；在冬季寒冷的时候，许多都穿着绸皮袄，墨黑的头发上扎一束红丝线。已经结婚的梳头，总戴些首饰，鲜艳的花朵或者金耳环，也有许多是在手臂上面套一副金镯的。总之，她们是健而美的，并且富有。她们实在是美的，她们利用着现代的物质文明，同时不失原始的情趣，所以也大大方方的……福州的农家妇女，她们根本看不起城内的士大夫阶级，以为他们太懒，非有特别的原因是不肯嫁给他们的，因此自成一种社会，始终保持朴素的美德，以劳动为天职而享有富有。"

　　曹聚仁先生在他的《闽学》一文中这样描写福州少女："福州的少女，不像其他城市的妇人那样浓妆艳抹，白花表底的蓝衣旗袍，配以光光头发，显出清秀的风韵。"读了先生的这段文字，似乎找到了福州人喜欢茉莉花的缘由了，这花的气质与福州女人的气质可以说是如出一味。福州女人喜茉莉花，每年花开时，便可见福州女人的发夹别着几朵白白的茉莉花，会做成茉莉花串，挂在脖子上或是手腕上，花清纯，味清香，花配人，人配花，给人一种此花只应配此人的感觉。

　　细细品读，福州女人的形象浮现于脑际：她们是俊俏的、勇健的、勤劳的、爱生活、爱美。这种形象，包含着福州女人的外在美和内在美，勤劳的、爱生活是内在美，而勇健的、俊俏的是外在美。福州女人有美的潜质，稍加修饰，愈让人感到她的美了。

　　福州女人不仅美，而且天资聪慧。小时候，读过冰心先生的《小橘灯》《寄小读者》，如同一泓清泉，一直流淌在我的心间。林徽因先生既是一位文学家，又是一位建筑师，我喜欢她的"心若向阳，无畏伤悲""你若安好，便是晴天"的句子。我读冰心、林徽因的诗文，能有一种静中心生的感觉，所不同的是，林徽因的文透着一种淡淡的愁感。比林徽因的文更具愁感的是卢隐的文，这位闽侯人，早期与冰心齐名，是五四时期文坛上人所瞩目的明亮的双星座。在36年的人生里，她创作了《海滨故人》《灵海潮汐》

《曼丽》等作品，读她的作品，让人感到她的直爽坦率、哀婉缠绵。这三位福州女人，都生在福州，虽走南闯北，但都不失福州女子的细腻与多情。福州的女子多才，不止于在中国文坛上有影响的这三位女人。"戊戌六君子"之一林旭的妻子沈鹊应能诗擅词，现存《崦楼遗稿》，有诗 29 首、词 35 首。她的词婉约如李清照，有《如梦令》："岁月真如弹指，又是苦寒天气。帘雨和风，搅起一腔愁思。无寐、无寐，别有凄凉滋味。"就是这样一位才女，生命之舟止于 23 岁。具有"中国十大美文"之一称呼的《与妻书》，相信不少人都读过，到过林觉民故居的人，都听到导游包含深情的解说。这是林觉民写给妻子的书，读后令不少人潸然泪下，表达着对妻子的一片深情。还让我感动的是，林觉民妻子陈意映在先生牺牲后，终日郁郁寡欢，两年后抑郁而终，这年才 22 岁。沈鹊应、陈意映，都是福州女子，她们可以说将一生给了爱情，她们的生命因爱情之花的凋谢而凋谢。

在我的印象中，还有许多有才能的福州女子，她们走向社会，兴办教育，投身公益事业。如"帝师"陈宝琛创办了"福建优级师范学堂"——福建师范大学的前身，其妻则创办了"女子师范讲习所"，后更名为"福州女子初级师范学堂"，可谓是"夫唱妇随"，情趣相投，巾帼不让须眉。还有一位才女王真，虽已逝去 30 余载，但谈起她的为人、她的才艺，人们还是津津乐道。有人撰文这样评价她："人正义高，肝胆照人，以刚直心、侠女气、重师仪、深友情著称于福州文坛，而才在十才女之上。"

与许多男性聊天，包括已婚的、未婚的，他们对福州女人的美是认同的，对福州女子的情也是认同的。

细细梳理和品味"福州女人"这个词，它具有女人的特性，有了这个地域的特色，让生于斯、长于斯或者是血脉中传承这个地域基因的女人气质中散发着独特的"味"。

一方山水养一方人，福州这块土地养育了福州的男人，也养育了福州的女人。一方山水造就了一方人的性格，造就了男人的性格，也造就了女人的性格。更何况，福州女人很早就"开眼看世界"，而福州这座开放之城、幸福之城，亦生长、生活着来自祖国各地乃至海外的女性。因此，在与其他地方女性的交往中，福州女人被潜移默化地影响了，吸纳了其他地区女性的优点，形象更加丰富。

冰心先生曾经写道："世界上若没有女人，这世界至少要失去十分之五的真，十分之六的善，十分之七的美。"身为福州女人的先生的这段话，耐人寻味。

短章三篇

榕树乃福州之市树，茉莉花乃福州之市花，福州人甚爱之，吾久居福州，深切体会福州人的爱之切、情之深，也在日常生活中慢慢体悟到，这榕、这花，值得为之爱，可以从榕的精神、花的风韵中找到爱的理由。

榕根之精神

榕树，福州之市树也。榕树之精神，前人述之多矣。

吾赞美榕树，尤喜榕根。这根，匍匐大地，攀缘于墙，破于土，抱于石，长于岩，生于岸……不择环境，皆能生存。观榕根之形态，宛如天然形成的根雕艺术品，透着沧桑之美感。

细察榕根，纵横交错，倘若要寻找一条榕根的来龙去脉，难矣！何也，根之交织，相互交融，难分彼此，共同形成畅通的养分供给系统。观榕根，古铜色，满是老茧，布满皱纹，筋节凸起，任风雨侵袭，随行者踩磨，沧桑之感生矣。榕树有须，须虬入大地，成为根，又长成一棵榕树。一木成林。

吾独喜榕根，喜榕根之精神：甘于付出，不屈不挠，融通协作，吃苦耐劳。

榕树生命力之顽强，榕树枝叶之繁茂，赖榕之根也。

茉莉之气韵

论茉莉花的艳，在众花中实在排不上名次，她没有牡丹的大红，也没有桃花的桃红……万花中，花白叶绿，白是素色的，绿也是素色的。

论茉莉花的朵，在众花中实在算不上突出，她没有蝴蝶兰那样的花瓣，也不如樱花抢在新叶出枝时先将自己耀眼一番……倘若将盛开的众花列在一起，茉莉花更显娇小，会被众花所遮掩。

论茉莉花的香，在万花中实在算不上香浓。她没有檀香的浓烈，也不如桂花和白玉兰花，庭前一株，满院芳香。

论茉莉花的花期，在众花中实在也算不上久远。众花中，花期长达几个月的比比皆是，茉莉花花期，也就那么十天半月。

然众花中，福州百姓独喜茉莉花，择茉莉花为市花，作为城市的象征。何也？茉莉花与众花相较，强在气韵：素雅、清新、香淡，不争花艳，不争花香，不争花期长，与绿叶相守，与茶叶为伍，给人内敛谦和之感。

性相近，习相投。福州百姓喜茉莉花，喜在花之气韵。吾从福州百姓身上，亦体会到此种气韵也。

咏茉莉花茶

茉莉花茶，茶之珍品也，盛产闽中福州，至今有一千多年的历史，享"天香"之美誉。

究花之源流，溯源古罗马，借"海丝之路"落户福州。福州人甚喜花素白之清影、淡雅之韵味，赞其品质"玉骨冰肌、淡泊名利"。

大山深处茶芽嫩，广袤田野茉莉香。花茶，清气氤氲、雨露滋润、阳光沐浴，可谓"风烟借颜色，雨露助华滋"。春至秋时，茶木吐绿，新芽鲜翠；夏秋之时，茉莉婀娜，花香沁人。

茶与花之结合，宛如有情人终成眷属。清晨撷雨露，茶花香自来。花香窨茶中，茶盈茉莉香。只见香弥漫，不见花影在。

茶置晶莹杯中，沸水沁入，静观其翻滚，如倒海翻江之磅礴；旋即轻摇，如一叶轻舟水中荡漾。雾气缭绕，清香四溢。赏其汤色，黄绿明亮，淡雅澄澈；品其茶水，鲜灵持久，馥郁温润。

亲朋好友相聚，饮茶数盏，其乐融融，尽享时光；劳作归来，品茗一杯，生津解渴；夜伏案头，花茶相伴，室生雅气，消困解乏，思路泉涌，茶香和着书香。

听一曲《茉莉花》，品一口茉莉花茶，赏生活之美，享茶味之趣。

后记

　　新作《致敬这座城》即将付梓，这是花了近两年时间写成的一本书。如同以往每本书出版时的心情一样：心中充满愉悦，坐在案前，望着书稿，慢慢回想着写书过程中的一些事情，享受着温馨。

　　想到写这本书，是完成《坊巷格局——一个人眼中的坊巷》之后的一日，去了长乐的琴江，听了有关这个村的故事，心久久不能释怀——满族，马背上的民族，由草原而向海，有着太多的故事。回来后，查了相关资料，以游记的形式，融史料于文中，写出《琴江、琴江》一文。文章发表后，遂想到用这一形式去反映福州这座城市厚重的历史，于是，选定了从福州这座城市的起点——越王山顶的屏山开始，沿中轴线铺陈开来，一个点一个点地走着，一个点一个点地写着，便有了书本中呈现的这些散文。

在写作过程中，我进行了大量的阅读。福州市的各级政协组织和闽都文化研究院等机构以挖掘福州历史文化为己任，组织专家学者编撰了有如《冶山史话》《鼓岭史话》《朱紫名坊》等书籍，为我的写作提供了丰富的源泉——没有读过这些书，参考这些资料，就不会有我的这些文章，或者说，这些文章就不会如此丰满。我向他们表达我深深的谢意。

我如一名行者，走进文中的每一处。我深深感到，只有走进了，才会被撩拨，才会思如泉涌。在走进中，福州市名城委、仓山区文管委及闽都文化研究院的同志给予了许多帮助，他们为我讲解，让我的认识从碎片变成整体，解开了心存的一些疑惑。没有他们的帮助，我也难以写成这一篇篇文章，在此向他们表达我深深的谢意。

感谢林飞先生，我的每一篇文章写就后，都有一种一定要请他指正的冲动，他也都会在繁忙的政务工作之余，悉心指导，给予建议，施予帮助。

如同我前几本书中写到的："感谢亲爱的读者——你们的阅读，让我感受到创作的价值。"这本书的价值，同样是亲爱的读者——你们赋予的。

图书在版编目(CIP)数据

致敬这座城/陈元邦著. 一福州:海峡文艺出版社,
2019.7(2024.3重印)
ISBN 978-7-5550-1920-6

Ⅰ.①致… Ⅱ.①陈… Ⅲ.①散文集－中国－当代
Ⅳ.①I267

中国版本图书馆 CIP 数据核字(2019)第 125089 号

致敬这座城

陈元邦	著	
出 版 人	林　滨	
责任编辑	朱墨山	
出版发行	海峡文艺出版社	
经　　销	福建新华发行(集团)有限责任公司	
社　　址	福州市东水路 76 号 14 层	
发 行 部	0591－87536797	
印　　刷	三河市兴博印务有限公司	
厂　　址	河北省廊坊市三河市杨庄镇大窝头村西	
开　　本	890 毫米×1240 毫米　1/32	
字　　数	107 千字	
印　　张	6.75	
版　　次	2019 年 7 月第 1 版	
印　　次	2024 年 3 月第 2 次印刷	
书　　号	ISBN 978-7-5550-1920-6	
定　　价	42.00 元	

如发现印装质量问题,请寄承印厂调换